黑龙江省哲学社会科学研究规划项目（20ZWB006）
高等院校文学特色教材

清代黑龙江流人诗歌选讲

王晓辉　编著

哈尔滨工程大学出版社
Harbin Engineering University Press

内容简介

有清一代，大批关内文人被流放到黑龙江，其诗作，或抒发流放之感叹，或写兴亡之遗迹。作者从大量的诗文集、诗选注、方志中广搜精选，选二十七位诗人，得诗一百五十首。凡入选之作，均分为诗人小传、诗原文、注、赏析四部分。并附清代黑龙江流人诗歌及流人遣戍原因概述、清代黑龙江流人大事年表；入选之作者，除流人外，凡随同流人出塞，或此后出塞探视流人之子女及其亲友，均在收录之列；在入选之作编排顺序上，基本以流人流放时间先后为序。

本书可作为汉语言文学专业、中国古代文学专业、对外汉语专业的教材，也可作为国内各高校开设的大学语文课程的参考用书。

图书在版编目（CIP）数据

清代黑龙江流人诗歌选讲 / 王晓辉编著. — 哈尔滨：哈尔滨工程大学出版社，2022.6
ISBN 978-7-5661-3561-2

Ⅰ. ①清… Ⅱ. ①王… Ⅲ. ①古典诗歌－诗集－中国－清代 Ⅳ. ① I222.749

中国版本图书馆 CIP 数据核字（2022）第 092598 号

清代黑龙江流人诗歌选讲
QINGDAI HEILONGJIANG LIUREN SHIGE XUANJIANG

选题策划 姜　珊
责任编辑 宗盼盼
封面设计 李海波

出版发行 哈尔滨工程大学出版社
社　　址 哈尔滨市南岗区南通大街 145 号
邮政编码 150001
发行电话 0451-82519328
传　　真 0451-82519699
经　　销 新华书店
印　　刷 北京中石油彩色印刷有限责任公司
开　　本 787 mm×1 092 mm 1/16
印　　张 13
字　　数 284 千字
版　　次 2022 年 6 月第 1 版
印　　次 2022 年 6 月第 1 次印刷
定　　价 48.00 元
http://www.hrbeupress.com
E-mail:heupress@hrbeu.edu.cn

前　言

《清代黑龙江流人诗歌选讲》是根据十九届六中全会推动中华优秀传统文化创造性转化、创新性发展的精神，为高等院校汉语言文学专业而编写的教材。

结合新的时代条件传承好中华优秀传统文化，守正创新、推陈出新是当代教育对中国古代文学课程的新要求。近年来，国内出版的有关古典诗文的著作越来越多，这些著作选材丰、质量高，但是具有地方特色的地域性诗歌教材却为数不多。当下大学生对唐诗宋词颇为了解，但对清代诗歌关注甚少，对清代流人诗歌则更为陌生。从明末到清末，黑龙江作为塞外边地，以漫长的严冬、与世隔绝的环境成为发遣流人的主要地域。数以万计的文人学者被发配至此地，他们虽身处绝域，却不废吟咏，潜心治学。如吴兆骞、方拱乾、方孝标、陈梦雷、杨宾、朱履中、刘凤诰……这些江南文人为当时蛮荒的黑龙江带来了先进的文化。

因为他们是离乡背井、颠沛流离的流犯，生活在社会的底层，接触到众多的穷苦人民，而且万里远戍、跋涉山川、见多识广，所以他们的思想更加敏锐、眼界更加开阔、感情更加强烈、笔墨更加精警。他们的作品所反映的自然界和社会界，更加真实、宽广和深刻。他们的诗风，或沉郁，或哀婉，或激昂，或悲怆，吐露了生活中的辛酸与不平。从他们的诗歌中可以看到在清政府高压政策下人民和知识分子的深重苦难，可以了解到黑龙江各族人民的劳动和生活状态，可以欣赏那里山林川泽的雄浑壮丽，也可以领略那里富有特色的风土人情。

清代黑龙江流人诗歌，为我们呈现出一幅幅生动的历史画面，对黑龙江文化的发展起到了重要的推进作用。传播和传承这些优秀的中华传统文化是当下古代文学研究者义不容辞的使命。

本书是作者在教学实践基础上，结合教学讲义整理改编而成的。在教学实践中，作者深深感到学生对流人诗歌还是非常陌生的。有些篇目看似简单，实际理解起来却比较困难。因此，如何选择作家作品就变得格外重要。既要注重文学史内在的发展规律及其影响，又要考虑学生的接受能力；既要从教学的实际出发来介绍每位作家及作品，又要将诗歌的内容与相关作家作品的赏析结合在一起。本书立足于古代文学课堂的特殊性，做到诗歌教学与文化教学的统一，使学生在一门课程的学习中，既可以看见清代黑龙江地区的完整风貌，又能欣赏到精彩而又有特色的流人诗歌。

本书具有以下特点：

（1）知识性。从时间上来说，本书涉猎了从明末到清末的黑龙江流人诗歌，时间跨度大；从内容上来看，本书囊括了叙事诗、抒情诗、送别诗、边塞诗、山水田园诗、怀古诗(咏史诗)、咏物诗等各种类别的作品。通过学习，学生可以在短时间内对流人诗歌有基本了解。

（2）通俗性。清代流人诗歌作品繁多，作者根据学生的接受能力选择通俗易懂的篇目，如《给官粮种子至》《打鹰歌》《冰河行》《寒食大雪》《松花江上鱼灯》《霜迟乐》等，在篇目的注释及解析上也力求简单明了。

（3）趣味性。让学生对本书感兴趣，进而喜欢古代文学乃至古代文化是一项很艰巨的工作。因此，本书的趣味性就非常重要。本书注重生活化，如《黑林》《野宿》《黄山秋猎》《掩柴门》《赠少年》等这些极具生活韵味的诗歌会让学生感到亲切，进而让学生理解诗歌的内涵。

（4）丰富性。本书在诗歌介绍上采用了“诗人小传、诗原文、注、赏析”四大部分，做到普及性与学术性相结合。这样更有助于学生对作家及作品的理解，也增加了本书的可读性。

（5）实用性。本书内容空间大、灵活、富有弹性，必修课或选修课均可使用。教师可以根据学时安排及学生的实际情况，灵活掌握教学进度，自由安排教学内容。

本书在撰写过程中，得到了作者的学生潘雨馨、苏莹莹、胡舒然的帮助，在此表示感谢。

由于作者水平有限，书中难免存在疏漏之处，恳请广大读者批评指正。

王晓辉

2022 年 1 月

目　录

吴 兆 骞

吴兆骞（1631—1684），字汉槎，江南吴江（今属江苏）人。少有才名，当时文人结社活跃，他入慎交社，为“江左三凤凰”之一。顺治十四年（1657年）应江南乡试，中举人。不久因科场案发，以涉嫌作弊被押赴北京。在顺治帝福临亲临的复试中，他交了白卷，遂被定罪打四十板，流放宁古塔（宁古塔有新旧二城：旧城即今黑龙江海林市海浪河南岸旧街镇；康熙五年（1666年）迁建新城，即今宁安市）。顺治十六年（1659年）夏出关，七月抵戍所，隶正红旗下。虽备尝艰辛，但因受到八旗将领的优待和接济，在戍所期间曾授徒自给，并与张缙彦等流人结七子之会，诗酒往还。康熙七年（1668年）被赦为塞外散人，行动有所自由。曾为巴海将军做书记兼馆师三年。后在其好友顾贞观等多方努力和纳兰性德的帮助下，终于在康熙二十年（1681年）被纳款赎回。在戍所凡二十三年。不幸回归后仅三年便溘然长逝，终年五十四岁。一生诗歌创作甚多，早年诗作华赡典雅，多艳丽之章。流放后诗格雄浑苍劲，多写实之作。其大量、丰富的边塞诗尤为精警动人，思想性、艺术性甚高，堪称“诗史”。其作惜多散失，现有《秋笳集》八卷行世，存诗五百余首。

出　关

边楼回首削嶙峋①，筚篥喧喧驿骑尘②。
敢望余生还故国，独怜多难累衰亲。
云阴不散黄龙雪③，柳色初开紫塞春④。
姜女石前频驻马⑤，傍关犹是汉家人。

（选自《秋笳集》卷1）

【注】

①嶙峋（lín xún），形容山石峻峭、重叠。

②筚篥（bì lì），即觱篥。古代管乐器之一种，多用于军中。

③黄龙，古城名，即龙城。契丹天显元年（926年）置。治所在今吉林省农安县。保宁七年（975年）废，开泰九年（1020年）复置。金天眷三年（1140年）改为济州。为辽金两代军事重镇和政治经济中心，是中国历史名城之一。城址周长3.5公里，尚存城址残迹7处。1127年，金兵俘虏宋朝徽钦二帝，曾将他们一度囚禁于此。南宋时期抗金名将岳飞曾言："直抵黄龙府，与诸军痛饮耳。"所言黄龙府即指此地。

④紫塞，北方边塞。晋代崔豹《古今注·都邑》："秦筑长城，土色皆紫，汉塞亦然，故称紫塞焉。"南朝宋鲍照《芜城赋》："南驰苍梧涨海，北走紫塞雁门。"唐代罗邺《边将》："若无紫塞烟尘事，谁识青楼歌舞人。"清代孔尚任《桃花扇·赚将》："一声叱退黄河浪，两手推开紫塞烟。"

⑤姜女，即孟姜女。孟姜女其实并不姓孟，"孟"为"庶长"的意思，"姜"才是其姓氏。相传秦始皇时，劳役繁重，青年男女范喜良、孟姜女新婚三天，新郎就被迫出发修筑长城，不久因饥寒劳累而死，尸骨被埋在长城墙下。孟姜女身背寒衣，历尽艰辛，万里寻夫来到长城边，得到的却是丈夫的噩耗。她痛哭城下，三日三夜不止，城为之崩裂，露出范喜良尸骸，孟姜女于绝望之中投海而死。从此，山海关被后人认为是"孟姜女哭长城"之地，并在那里盖了孟姜女庙。

【赏析】

此诗乃吴兆骞流放宁古塔，途经山海关时所作。

首联从写景入手，渲染悲伤的气氛。筚篥声声，回荡在关城。诗人站在边楼下，仰望瘦削嶙峋的山崖，一名驿骑骑马飞过，卷起层层尘土。颔联紧接着写出诗人出关时心中的牵念。有生之年不敢奢望获得赦免，回归故土，只恨因为自己的过失，连累年迈的双亲承受苦难。颈联再次切入景物，使悲伤氛围再进一层。边城上空阴云密布，风大雪寒，边塞的柳枝在春雪的侵袭下顽强地抽出新芽，绿意渐浓。尾联写诗人站在“姜女石”旁，久久不愿离去。通过对“姜女石”“汉家人”两组意象的描写，表现出诗人徘徊不前、不愿出关的愁苦心态。

东北三省为关外，“关”指山海关。山海关古称榆关，距山海关三里外有一道岭，出关的人称之为“凄惶岭”，入关的人却称它为“欢喜岭”。一岭之隔，可谓天地两重天。

站在这个地域的分界点上，吴兆骞写下了这首《出关》。从人上人到阶下囚，刚刚经历了人生命运的分界点，现在又站在了流放之路的分界点上，跨过这一步，可能有生之年再难回中原。相信此时的吴兆骞定是愁肠百转的，否则他怎会在“姜女石”前频驻马？又怎会觉得边关的笮箫之声为喧闹之音？“傍关犹是汉家人”，再看一看这关内的汉人和土地吧，余生之年可能再也不会回来了。生而无望，前路无光，真乃人生一大悲戚也！

抚顺寺前晚眺[①]

乱山残照戍城东[②]，立马萧萧古寺空。
接塞烟岚天半雨，背人雕鹗晚来风[③]。
辽金宫阙寒芜里，刘杜旌旗野哭中[④]。
俯仰不堪今昔恨，欲将空法问支公[⑤]。

（选自《秋笳集》卷7）

【注】

①写于赴戍所途中，时顺治十六年（1659年）五月、六月间。

②戍城，指清初安置流人之地抚顺城。

③雕鹗（è），雕和鹗，皆为善飞猛禽。

④刘杜，指万历四十七年（后金天命四年，1619年）明与后金间萨尔浒战中，明朝战死的两位将军刘綎和杜松。刘綎，江西南昌人，英勇果断，善使大刀，官至总兵。壬辰（1592年）援朝逐倭战争中立有大功，萨尔浒战中率兵攻东路，中伏，战死。杜松，陕西榆林人，英勇善战，官至总兵，萨尔浒战中率兵攻西路，中伏，力战而死。

⑤空法，佛教名词，指事物之虚幻不实或理体之空寂明净的本原。支公，即东晋高僧支遁（314—366年）。这里指方外人士。

【赏析】

这是一首怀古诗，全诗以沉重悲切的基调抒怀旧之蓄念，发世事无常之慨叹。

前两联以动静结合的方式刻画环境，为下文情绪的宣泄酝酿氛围。山峰乱舞，夕阳斜射抚顺城；秋风萧瑟，寺庙破败凌乱，空无一人。天色苍茫欲雨，空中弥漫着浓浓雾气；禽鸟孤鸣，在晚风中展翅低飞。通观全篇，真是无一字不凄凉！

后两联抚今追昔，叹世事无常。曾经声名赫赫的辽金宫阙，昔日战功彪炳的刘杜二将，如今都已"雨打风吹去"，真的是"物是人非事事休"。颈联中引用的"辽金宫阙""刘杜将军萨尔浒之战"这些历史典故，表面上是凭吊古人，实际上是感慨当下。"俯仰不堪今昔恨"，一语就道破了诗人心中的隐痛，从仕途高中、家族荣耀到理想幻灭、流戍绝塞，诗人的生平遭际与这些古迹何其相似。"欲将空法问支公"，到头来，一切皆空，对此诗人迷茫困惑，只能请教方外人士。

余秋雨在《兴亡象牙白》一文中说，"中国传统文学中最大的抒情主题，不是爱，不是死，而是怀古之情、兴亡之叹。"苏轼"遥想公瑾当年"后，发"人生如梦"的感叹。辛弃疾在千古江山中，竟"无觅孙仲谋处"，因为"舞榭歌台，风流总被雨打风吹去"。曹雪芹认为世人是"乱哄哄，你方唱罢我登场；反认他乡是故乡；甚荒唐，到头来都是为他人作嫁衣裳"。这种消极避世的人生幻灭感让人迷茫困惑。无论生前何等光辉耀眼，终将化为尘土。那么努力生活的意义又是什么？余华在《活着》中给出了最好的答案："'活着'在我们中国的语言里充满了力量，它的力量不是来自于喊叫，也不是来自于进攻，而是忍受，去忍受生命赋予我们的责任，去忍受现实给予我们的幸福和苦难、无聊和平庸。"

"人是为了活着本身而活着，而不是为了活着之外的任何事物而活着。"

同诸公饮城东水次分韵得春字①

数峰空翠照江滨，江水逶迤绕郭新。
草色乍消沙塞雪，莺声已过故园春。
壮心零落还驱马，绝域羁栖且傍人②。
漫道物华堪历览③，清樽相见莫辞频。

（选自《秋笳集》卷2）

【注】

①原注："甲寅夏四月二十一日作。"甲寅，即康熙十三年（1674年）。诸公，指

流人钱德惟、姚琢之等。城，即宁古塔新城。

②绝域，极远的地方。羁栖，作客寄居。傍人，依人，寄人篱下。

③物华，自然景色。堪，不堪。历览，犹浏览，周流观览。

【赏析】

此诗写于甲寅，即康熙十三年（1674年）。此年诗人居于宁古塔新城。这是与友人在城东河边宴饮时所作。

首联大处落笔，写出宁古塔春色之空旷。连绵的山峰一片翠绿，和碧波江水相互映衬，绵延不绝的江水绕着新城蜿蜒流淌，渐行渐远。领联由远及近，聚焦眼前之景：黄沙和积雪退去后，新生的野草焕发出一片新绿。这个时节，故乡的莺啼声已经没有了。睹物思人，诗人在颈联中道出了边塞生活的辛酸：流落在这荒僻的塞外，当初的壮志豪情已经衰减，日常生活还要依傍他人，接受他人的帮助。

尾联与李白的“人生得意须尽欢，莫使金樽空对月”相似，皆是劝人把握当下，痛快畅饮。韶华易逝，人生易老，到头来你我终将如草木凋零。任你曾出将入相，享过富贵温柔，终不过三杯两盏淡酒，供后人辗转言谈。从诗尾句可看出，诗人在落魄时尚有豪情，得意时还能认清世事无常，可见其活得通透明白，真是难能可贵。

同为流人，吴兆骞的诗作与方拱乾（与吴兆骞同时期的流人，本书后文有其诗作和详细介绍）的相比，少了些许洒脱，多了一些幽怨。吴兆骞常以“寄居客”自喻，方拱乾则以“隐居者”自喻，这可能与二人的生平遭际、脾气秉性有关。有一点值得一提，吴兆骞当年是被冤只身流放，方拱乾是举家流放，其兄弟、妻女、子侄等皆陪伴左右。想来，或许是亲人的慰藉给予了方拱乾更多的生活底气吧！有时候，我们想念家乡，细细想来，想念的目标似乎变得模糊起来，想念家乡的什么呢？寂寥的乡间小路？煮饭时升起的袅袅炊烟？还是晨起时的鸡鸣狗吠呢？或许都想吧，但说到底，想念的还是亲人，那给予了我们无限关爱和快乐的至亲之人。“此心安处是吾乡”，亲人在，便是故乡在。

赠　少　年

十八海东儿①，容华皎白雪。
结束紫貂衣②，翩翩事游猎。
豪鹰脱绿韝③，生马嘶红鬣④。
毡鞬五石弓⑤，金线两重甲。
秋草山头猎火烧，合围飞骑北风骄。

少年独得嫖姚顾[6]，笑傍金鞍共射雕。

（选自《秋笳集》卷2）

【注】

①海东，即黑龙江下游及乌苏里江流域的广大地区。这里是赫哲人、费雅喀人等的居住地区。

②结束，装束、打扮、穿着。

③豪鹰，猎鹰。鞲（gōu），革制的臂衣，打猎时用以停立猎鹰。

④生马，未经训练的马、野马，

⑤鞬，马上盛弓箭的器具。五石弓，有五石拉力的强弓，比喻弓拉力大。

⑥嫖姚，又作票姚，指汉代大将霍去病，他曾任嫖姚校尉。这里指宁古塔将军。顾，首肯，称许。

【赏析】

这是一首歌颂具有尚武精神的边疆少数民族青年的赞歌。

前四句对少年的容貌、着装进行了细致入微的刻画。十八岁的海东少年，容貌俊俏如白雪，身穿华贵的紫貂衣，逐猎时衣袂翩翩，潇洒又有气势。这些都从侧面体现少年的身手不凡。

“豪鹰”四句集中描写紧张刺激的狩猎场面。猎鹰飞离少年的臂膀，红色长毛的骏马仰天嘶鸣。少年背着足有“五石”拉力的强弓，双层软甲上绣着炫彩夺目的金线。以上描写，既表现出少年的孔武有力，又反衬出少年的潇洒威风。

“秋草”四句写围猎结束后的场景。北风呼啸中，一队飞奔的马队逐渐形成合围之势，狩猎结束。长满秋草的山上燃起大火，用以烤制收获的猎物。少年因为技艺高超深得将军的赏识，他们相视大笑，坐着金鞍一起挽弓射雕。

诗中，吴兆骞对少年的英俊相貌和高超技艺进行了淋漓尽致的描摹，全诗充溢着饱满的热情和青春的气息，也暗含着诗人对侠义少年的赞许和羡慕。其实，中国古代的文人，并非都是文弱书生。“千古文人侠客梦”，平日里他们吟诗作赋，舞文弄墨，文弱的外表下往往隐藏着扶弱济贫的侠义情怀。他们渴望披轻裘，挟长剑，救人于“急难之事”，解国于“困厄之时”，正所谓“为国为民，侠之大者”，这种侠义情怀并不会因为外部环境的改变而消泯。这种侠义精神同样蕴含在流人们的身上。虽然远离了庙堂，失去了权势，但流人们的善良、正直和一腔热血还在，“策烈马，挽强弓”的梦想无时无刻不萦绕脑海，进而化作眼前这首动人的快意华章。

寄怀陈子长①

雪霁山城月色新，天涯怜汝倍沾巾。
家残已恨无归日②，道远空怜梦故人。
尺素三秋凭去雁③，短衣十月叹悬鹑④。
伤心同是他乡客，偏是相思隔塞尘。

（选自《秋笳集》卷2）

【注】

①陈子长，陈之遴之子。当吴兆骞被流放往戍所路过沈阳时，他热情接待，情深意挚，临行又赠车马衣裘。以后音书不断。吴兆骞在《寄顾舍人（顾贞观）书》中说："弟患难之交，陈子长最笃，但隔在辽海，不得相见。此君风流文采，不减华峰（顾贞观字），意气亦复相类，惜其无命，流落而死，为之痛心。"此诗大约作于康熙六年（丁未，1667年）。

②家残，指陈子长之父陈之遴已于康熙五年（1666年）去世。

③尺素，书信。素，生绢。古人写文章或书信常用长一尺左右的绢帛，后专为书信的代称。

④悬鹑，形容衣服破烂。《荀子·大略》有云，"子夏家贫，衣若县鹑"，县，同"悬"。

【赏析】

这首诗是吴兆骞写给挚友陈子长的，是眷怀友人之作。

首联由景及人，点明诗人对友人的怀念。雪霁后的边塞月色澄澈清朗，望着明月，使诗人想起了同是流人的挚友陈子长，不由得泪洒衣襟。颔联写出"倍沾巾"的原因。诗人的洒泪，既有同情又有思念。同情的是挚友的父亲离世，而挚友却困于塞外不能归家祭奠；思念的是他和友人千里相隔，只能在梦里相见。颈联中，诗人想象着友人边塞生活的贫穷和辛酸。已是深秋十月，寒风侵骨，而友人却只穿着破烂短衣。可诗人对此竟也无能为力，只能让飞翔的大雁捎去对挚友的关怀。

"伤心同是他乡客，偏是相思隔塞尘。"命运的捉弄令诗人百思不解，诗人与挚友同为流人，本就是同命相怜的"天涯沦落人"，若同在一地至少可以相偎取暖，可上天偏偏还要把他们分开，让他们承受分隔两地的痛苦。流放之苦，再加上不得相见之苦，这双重痛苦的折磨怎能不让人肝肠寸断。

此诗情高意真，语言朴实无华，将二人之间的友情描写得深厚久远，真实感人。对于流人们之间的友情，余秋雨在《宁古塔》中是这样论述的：

“现在他们的发言权被剥夺了，但善良和正直却剥夺不了。政敌不见了，对立松懈了，只剩下一群赤诚相见的朋友。我敢断言，在漫长的中国古代社会中，最珍贵、最感人的友谊必定产生在朔北和南荒的流放地，产生在那些蓬头垢面的文士中间。”

细细品读流人诗歌，你就会发现，余先生的这一论述真可谓一语中的。

黑　　林[1]

黑林天险削难平，唐将曾传此驻兵[2]。
形胜万年雄北极，勋名异代想东征[3]。
废营秋郁风云气，大碛霄闻剑戟声[4]。
历历山川攻战地，只今旌甲偃边城。

（选自《秋笳集》卷3）

【注】

①黑林，指黑龙江与乌苏里江交汇处赫哲地区的原始森林。

②“唐将”句，指唐代大将薛仁贵（614—683）于乾封三年（668年）二月率军至辽东，“旁海略地”，降伏扶余四十余城，“威震辽海”事。见《新唐书》卷111《薛仁贵传》。

③东征，指唐大将李勣、薛仁贵出兵辽东事。

④大碛，广阔荒凉的边塞地区。

【赏析】

这是一首怀古诗，诗歌缅怀唐将征辽东的武功，寄意清朝边防的巩固。

首联追怀古人，写出黑林地理位置优越，历来为兵家必争之地、英雄建勋之场。颔联紧承首联，但描写角度不同，“形胜”言其地势之险要，“万年”言其历史之久，“雄北极”言其雄峙于北方边境，再次强调黑林地形之重要。

颈联因物起兴，想象当年战事之惨烈。寂寥萧瑟的秋天，荒废的营地仿佛还涌动着风卷残云的杀气；荒凉寂寥的边塞中好像还能听到剑戟拼杀声冲破天外。 此联想象丰富、生动，让人有如临阵前之感。

尾联以抒发抚今追昔的兴亡之叹收束。曾经烽火连天的兵家必争之地，如今却只剩偃旗息鼓的寂寂边城，此联以警语收束，含蓄深沉。

本诗综合运用了多种写作手法，写尽黑林古今兴衰之变。首先从听觉和视觉上给人以感官刺激。视觉上“秋日风云”之色，听觉上“剑戟交接”之声，写出塞外边关的雄壮苍凉。其次采用虚实结合的手法，模拟想象当年之战况。实写如今废弃军营、旧垒残存，虚写沙场当年之鏖战至今似可听闻。最后寓情于景，融内心的悲愁之情于眼前的景物之中。“废营”可见其痛心，“秋郁”足显其郁结，“大碛”“剑戟”可表其钦慕，雄放笔调有复杂情绪。最后运用对比反衬，以“废营秋郁”与领联“形胜万年”形成了鲜明对比，反衬出如今的萧瑟凄凉。

此诗堪称“笔致深折，曲有其妙”之佳作。

奉送安都统安集海东诸部因便道阅松花江水军[①]

雉尾高牙落日悬[②]，雕鞬精骑北风前。
军容直历无雷地[③]，战气初消盛雪天。
款塞紫貂新属国[④]，浮江赤马旧楼船[⑤]。
遥知缓带行边处[⑥]，千帐铙歌拥玉鞭[⑦]。

（选自《秋笳集》卷3）

【注】

①安都统，即安珠瑚（？—1686），瓜尔佳氏，满洲正黄旗人。以入关作战之功，康熙六年（1667年）授宁古塔副都统，康熙十五年（1676年），授为吉林乌喇（今吉林市）副都统，协助巴海招抚安置新满洲，康熙十七年（1678年）升为盛京（今沈阳）将军。安集，即安辑，安顿、招抚。海东诸部，指居住在黑龙江下游及乌苏里江流域广大地区的赫哲族诸部落。

②雉尾高牙，指以雉尾装饰的高耸的牙旗。牙旗，大将所建、以象牙为饰的大旗。

③军容，军队的仪容，指严肃有纪的军队。无雷，汉西域国之一。《汉书》卷96上《西域传》：“无雷国，王治无雷城，去长安九千九百五十里。”这里代指遥远的海东诸部所居之地。

④款塞，叩边塞之门，这里指内附。《后汉书》卷89《南匈奴传》：“今南单于携众南向，款塞归命。”新属国，新近内附被编籍的部落，指被巴海、安珠瑚等招抚的，由赫哲族各部落编成的“新满洲”。

⑤赤马，船名。刘熙《释名·释船》：“轻疾者曰赤马舟，其体正赤，疾如马

也。”楼船，有叠层的大战船。

⑥缓带，缓束衣带，形容从容不迫。行边，巡边。

⑦铙歌，又名骑吹，鼓吹军乐。

【赏析】

这首诗是吴兆骞献给即将巡边的宁古塔副都统安珠瑚的，诗中充满了赞美和感佩之情。

前四句以写景反衬安珠瑚治军严明，军旅豪壮。在这漫天飞舞的雪天，战争仿佛刚刚结束。雉尾装饰的牙旗高悬在落日下，配着雕弓的骑兵迎着呼啸的北风行进，整肃的大军气势威严地走过古代无雷国的地域。

颈联以浓墨重彩之笔，极力渲染海东诸部民众对安珠瑚的拥护和爱戴。安都统把新招抚的海东部落编建成新满洲，部落民众为表忠心，虔诚地献上高贵的紫貂。招抚结束后，安都统乘坐名唤“赤马”的战船，顺便检阅松花江水军。

尾联畅想安都统视察水军的盛大场面。水军各部若知道都统即将到来的消息，定会在营帐中吹起军乐，热情地欢迎都统的到来。“千帐铙歌拥玉鞭”，“玉鞭”指华美的鞭子，应当是高级将领才有的配备，此处应为安都统的马鞭，暗喻部落民众对他的拥护和爱戴。从诗中可以看出安珠瑚治军有方，也有从容豪迈的大将风度，深受士兵的爱戴。

此诗以激昂的笔调颂扬了安珠瑚的丰功伟绩，并抒发了诗人的慷慨壮志。全诗一气呵成，充满了奋发向上的精神。感情豪放激扬，令人读来如闻战鼓，有气壮山河之势。

陪张侍郎坦公游西岭①

碧云日暮春缥缈②，林壑峨峨照春好③。
晴霭遥分雁岭沙，风光欲绿龙山草。
草色萋迷四野开，笑携笋屐共登台④。
烟霁碧潭芳树暖，天清丹嶂夕岚来。
夕岚彩翠纷瑶席，岸帻行杯醉佳客⑤。
北海何须怨子卿⑥，东山且自陪安石⑦。
酒罢还传洗玉觞⑧，犊车归路晚苍苍⑨。
欲将折柳羌人笛⑩，吹入春风忆故乡。

（选自《秋笳集》卷3）

【注】

①张侍郎坦公，即张缙彦。西岭，在宁古塔新城之西。

②缥缈，隐隐约约、若有若无的样子。

③峨峨，高峻的样子。

④笋屐，用笋壳制的鞋，指登山鞋。

⑤岸帻，推起头巾，露出前额。形容衣着随便，不拘小节。

⑥“北海”句，指汉代苏武出使匈奴被扣留，于北海（今贝加尔湖）牧羊事。子卿，苏武字。

⑦“东山”句，指东晋谢安隐居东山事。谢安（320—385），字安石，阳夏（今河南太康县）人。深有谋略，初为著作郎，后因病辞官隐居东山，曾屡诏不仕。后官至尚书仆射，加将军。

⑧玉觞（shāng），玉制的酒杯。

⑨犊车，牛车。

⑩折柳，古乐曲名。六朝至唐有折杨柳歌曲数十首，多为言军中苦及伤别之辞。羌人笛，即羌笛，这里借用唐代王之涣《凉州词》“羌笛何须怨杨柳，春风不度玉门关”的诗意，反映边地孤苦，抒发乡思离情。

【赏析】

此诗记录的是诗人陪张缙彦畅游宁古塔西岭的经历和感受。

前四句领起，写诗人和友人未至西岭前极目远望的山景。暮色渐浓，青云遮住太阳，遍山的草木在夕阳的沐浴中时隐时现。山峦巍峨挺立，山气氤氲弥漫，一片绿意迷蒙的景色映入眼帘。

“草色”六句写近景，极言林中景物之胜、花卉之奇。行至山前，诗人和友人高兴地穿上“笋屐”，开始登山。山中雾气弥漫，仙气缥缈。路旁野草茂盛，碧绿的水潭蒸腾着团团雾气。花草树木在云霞的烘托下透出暖暖的色调，远远看去整个山峰都是红润的，真是一派人间少有的仙境瑶池风光。

“夕岚”四句写游览后的畅怀痛饮。沐浴着彩色的霞光，望着层峦叠嶂的山峰，大家席地而坐，举杯畅饮，享受流放生活中来之不易的轻松。“北海何须怨子卿”，这一句是倒装句，意为苏武何必要埋怨北海，不如学东晋谢安隐居东山的雅事，隐居林下，逍遥快活。

结尾四句触景生情，兴思乡之叹。宴饮结束，众人洗好杯盏，兴尽踏上归程。路上一片苍茫暮色，牛车缓缓，引人悲思。诗人幻想着用羌笛吹奏一曲“折柳歌”，这饱含着思乡的曲子散入山峦春风，婉转悠扬，三日不绝。

本诗描写西岭山间的朝暮变化和迷人景色，以及众人的游乐，颇有欧阳修《醉翁亭记》的自得意韵，但自得中亦难掩思乡之情。

野　宿

猎罢班声夜碛空[①]，千灯星乱拥元戎。
金笳不动关山月，铁骑长寒海戍风。
自是嫖姚雄塞外[②]，空惭孙楚在军中[③]。
十年书剑长征惯，怅望深宵更倚弓。

（选自《秋笳集》卷3）

【注】

①班声，班师整队之声。

②嫖姚，见《赠少年》注⑥。

③孙楚（?—293），字子荆，西晋太原中都（今山西平遥）人。他文思敏捷，爽迈不群，年四十余参镇东军事。后官至太守。

【赏析】

此诗写的是诗人外出狩猎结束后露宿野外的一段经历。

首联交代诗人露宿野外的时间背景。狩猎结束，大队人马整队回营。夜晚沙漠空旷，繁星满天，烛火通明，主将在众人的簇拥下缓缓前行，好一幅威严的军士归猎图。颔联着重描写露营地的清冷荒凉。胡笳声声，响彻夜空。山峰矗立，明月高悬。接下来诗人感慨，守边的将军自然是英雄神武，配得上“嫖姚”的美誉，而自己却才疏学浅，名不副实，比不上西晋时以文从军的孙楚。这当然是诗人的自谦之语，暗示出诗人在军中的职位。

尾联诗人含蓄地感慨野宿之苦。十余年随着军队征伐，诗人已经习惯了金戈铁马的征战生活。可是执弓狩猎后仍要露宿野外，诗人还是觉得难以承受这种苦寒，所以深感边塞生活的艰苦。

登 西 阁[①]

高阁秋风早，凭轩晓色分。
半空长白雪，极目大荒云[②]。
久戍应沈命[③]，孤征敢念群。
还怜豪气在[④]，长啸学从军[⑤]。

（选自《秋笳集》卷3）

【注】

①西阁，在宁古塔。本诗末尾原注：“长白山在宁古塔之西，高二百余里，夏有积雪，予时属镶红旗。”

②大荒，辽阔、边远而未辟之地。《山海经》：“大荒之中，有山名曰不咸，有肃慎氏之国。”不咸即长白山。

③沈命，隐藏亡命，指汉代所制定的沈命法。《史记》卷122《酷吏列传》：“散卒失亡，复聚党阻山川者，往往而群居，无可奈何。于是作‘沈命法’，曰群盗起不发觉，发觉而捕弗满品者，二千石以下至小吏主者皆死。”

④怜，庆幸。

⑤长啸，高声呼啸。岳飞《满江红》词：“仰天长啸，壮怀激烈。”

【赏析】

这首诗写诗人登西阁之所见，抒发了投身军旅的豪情壮志。

前四句开门见山，极写诗人登西阁后所见的磅礴景象。从第一句的“秋风早”和第二句的“晓色分”，可知诗人是秋季的早上登上西阁的。诗人在西阁上吹着秋风，倚着栏杆，遥望太阳渐渐升起。站在西阁上极目远望，长白山隐现于半空之中，远处是一片浩瀚无垠的荒凉原野，蔚为壮观。

后四句诗人开始抒发感慨，倾吐心声。一个遭逐流放的漂泊之人，本应该安于命运，时刻想着自省赎罪，怎敢奢望那千军万马的军旅生活。可是，“还怜豪气在，长啸学从军”。诗人的豪气仍在，仍有着“烈士暮年，壮心不已”的报国之志。诗的最后一句献身疆场的表白，让整首诗顿生高格，令人深感敬佩！

此诗一改吴兆骞写景诗怅惘哀怨的悲切之风，节奏明快，语言精练，读来令人振奋，是《秋笳集》中独树一帜的佳作。

九月十二晚观回猎，赋赠萨君①

山晚初回猎，江寒早渡冰。
风旗收万马，雪帐散千灯。
拂剑君何壮②，鸣弦我未能③。
莫言狐兔尽，侧目有饥鹰④。

（选自《秋笳集》卷3）

【注】

①回猎，猎毕回还。萨君，即萨布素（1629—1701），富察氏，满洲镶黄旗人。顺治九年（1652年）初任宁古塔总管笔帖式，康熙元年（1662年）改骁骑校，康熙七年（1668年）以功升佐领，康熙十二年（1673年）参领，协助巴海将军安抚少数民族，建新满洲，康熙十五年（1676年）巴海将军移驻吉林，被任命为留守，康熙十七年（1678年）因巴海赴京，而摄领其军事，任宁古塔副都统。

②拂剑，击剑。

③鸣弦，使弦发出响声，即控弦、拉弓。

④“莫言”两句，这是借喻，狐兔指侵扰边境的零星小盗，饥鹰指对我边疆人民怀有更大野心、虎视眈眈的沙俄匪徒。

【赏析】

这首诗描绘了八旗回猎时的雄伟场面，抒发了诗人对边事武备的关注之情。

前两联重在写景，以景反衬萨将军治军严明、军容整齐。群山肃立，暮色渐浓，打猎的队伍开始返程。江面上北风萧萧，将士们借着月色快速地渡过冰面。大风卷起军旗，士兵们拴好战马，雪中的军帐里透出点点灯火，给宁静威严的宿营地带来些许暖意。

接下来诗人盛赞萨将军武艺出众。“拂剑君何壮”，一个“壮”字道出了萨将军击剑是何等威风，其出神入化的舞剑技艺令诗人自叹不如。

尾联诗人提醒萨将军，不要打败了周边的小盗匪就松懈，边境还有像饿鹰一样觊觎着大清的沙俄强敌。

诗中既有对萨将军的肯定，也有向萨将军提出关心边防的建议，可见诗人的一片爱国之心。

一蓝冈夜行[1]

乱峰斜豁月朣朣[2]，堠火微明隔岭东[3]。
孤障旌旗寒照雪[4]，严城刁斗夜临风[5]。
鸣弓尽日随边马[6]，裂帛何时寄塞鸿[7]。
朔漠自来争战地[8]，欲将书剑一论功[9]。

（选自《秋笳集》卷3）

【注】

①一蓝冈，又作依蓝冈，在宁古塔城西。

②朣朣（tóng tóng），不明貌。

③堠火，即烽火，报警的烟火，指边防报警信号。

④障，边境险要处戍守的堡寨。

⑤严城，险要之城。刁斗，又名金柝，铜制，古代行军用具，白天用以烧饭，夜间则击以巡更。

⑥鸣弓，使弓鸣，犹张弓射猎。

⑦裂帛，裂帛作书，指书信。塞鸿，又作塞雁，边塞上南飞的鸿雁。

⑧朔漠，北方的沙漠地带。

⑨书剑，书和剑，这里指文武并用。

【赏析】

这首诗描写了诗人在夜间行军途中的感受，抒发了立功报国之志。

前四句着重描写诗人在行军途中所见之景，渲染凄冷的氛围。乱山耸立，月光微明，山岭东面的烽火在夜色中发出微暗的光；茫茫夜色中，营地的旌旗傲然挺立，与寒风积雪为伴；孤立的城池、行军的刁斗形影相吊，默默承受寒风的侵袭。"孤障""旌旗""寒照雪""刁斗"，写出了夜晚宿营的凄冷。如此众多凄冷景物的铺排描写，是为下联情感的抒发做铺垫。

后四句诗人睹物伤情，倾吐心声。弓弦和战马是形影相随的，而我却形单影只。写给亲人的书信，何时能够托鸿雁寄回家乡呢？"朔漠自来争战地"，此处一向都是兵家必争的战略要地，不必再暗自神伤了，此时也正是征战杀伐、功成名就的好时机，还是投身边塞、献身疆场吧，或许功成名就的好日子就在前方。从尾句可以看出，诗人已经习惯于边塞军旅生活，也有志向沙场立功，只是偶尔也会有思乡的情怀，难以抑制。

本诗前四句描写跋涉行军与途中驻扎的艰辛，后四句写家书难托的无奈和立志报国的雄心，语言淳朴而意味深长，取景宏阔而又对照鲜明。

秋日杂述[①]（五首选二）

（其一）

军城遥倚万峰开[②]，峰际浮云绕堞回[③]。
落日旌旗人出戍，秋风笳鼓客登台。
黑林险入重关断，黄水深蟠入漠来[④]。
昨夜隔河新驻牧，平安火色到龙堆[⑤]。

（选自《秋笳集》卷3）

【注】

①原注："十首录五"。
②军城，驻防之城。
③堞，城上如齿状的矮墙。
④黄水，指发源于外兴安岭的黑龙江支流精奇里江（今俄罗斯结雅河）。蟠，盘曲。
⑤龙堆，即白龙堆，汉代西域沙漠名。这里泛指东北边境上的驻防之地。

【赏析】

《秋日杂述》共五首，歌咏了东北边疆的形胜、边防以及流人戍边的情景，抒发了效国之情。

前四句写诗人登高远望，满目皆宏阔苍凉之景。边城倚靠着连绵起伏的山峰，白云在城墙和山峰间来回飘浮。落日下，士兵们扛着旌旗出城守卫；秋风中，传来阵阵胡笳悲鸣。这组景物诗人采用了拟人化的手法进行描摹，特别是"军城遥倚万峰开"一句，一个"倚"既凸显了边城一夫当关、万夫莫开的险要地势，又写出了边城的坚固高大，甚至可以与群山比肩，读来形象可感。

后四句交代军队驻扎的具体情况。黑林地势险要，是保护关塞的天然屏障，需要重军防守。精奇里江盘曲着流入边塞荒漠之中，昨夜军队在江水的对面驻扎下来，传报平安的烽火已经传递到了边境。"平安火"，唐代每三十里置一堠，每日初夜举烽火报无事，谓之"平安火"。用在此处说明清朝的边防线向前延伸，边防的守卫积极有力。

此诗虽题为《秋日杂述》，但通篇没有述怀之语。诗人将笔墨落到介绍驻军边防上，并未落入“悲秋伤怀”的窠臼，言之有物，令人耳目一新，值得一赞！

（其三）

戍楼鼙鼓动严城①，朔塞山川郁战争②。
毛节未归鱼海使③，羽书还下铁关兵④。
月高亭障千峰出⑤，雪照旌旗万马鸣。
莫道疮痍犹未起⑥，庙谟今日重东征⑦。

【注】

①戍楼，边防驻军的瞭望楼。鼙，鼓之一种，军中所用的乐器。严城，险要之城。

②郁，蕴结。

③毛节，即符节。古代使臣执以示信之物。节以竹为之，柄长八尺，节上以牦牛尾为饰。鱼海，本为湖泽名，在今内蒙古自治区阿拉善右旗境。此为城名，即鱼海之所在地，在唐代是兵家必争之地，诗中指代被沙俄侵占之地。此句是说，清廷之使臣还未从沙俄占据之地归来。

④羽书，军事文书，插鸟羽以示紧急。铁关，即铁门关，西域地名，在今新疆焉耆与库尔勒之间。这里指代被沙俄侵占之地。

⑤亭障，古代边塞的堡垒。

⑥疮痍，创伤。此指被沙俄侵占地区困苦的民众。起，治愈、病愈。这里有解救之意。

⑦庙谟，朝廷对国事的计谋。

【赏析】

此诗记录的是我边疆军民积极备战，抵御沙俄入侵的真实历史事件。全诗通过描写战前准备、军队气势表达了对朝廷敢于收复失地、保卫疆土的自豪和赞美。

开篇以鼓声营造了紧张的战前氛围。萧瑟的北风掠过塞外的山川，鼙鼓声声，响彻边城的每一个角落。虽然使臣还未从沙俄侵占之地归来，但是两国交战的军事文书已经下达此地，一场激烈的战争一触即发。

颈联两句以意象描摹暗喻朝廷必战之决心。边塞的堡垒在月色的映衬下显得格外突出，皑皑白雪映照着威严赫赫的旌旗，千匹壮硕的战马在寒风中仰天嘶鸣。“亭障”“旌旗”“马鸣”这些意象呈现出肃穆紧张之感。一切准备就绪，只待主将一声令下。尾联诗人骄傲地宣称：不要再议论被沙俄侵占地域的民众尚未被解救，现在国家就下令再次东征，收复失地，指日可待。

读此诗，可以明显地感觉到吴兆骞的满腔热情和强烈的自豪感。虽然对自己的无辜遭遣略含幽怨，但在众志成城、抵御外辱的民族大义面前，他的个人荣辱是不值一提的。“男儿要当死于边野，以马革裹尸还葬耳”（《后汉书·马援传》），捍卫国家主权，保卫领土完整，每一位国民皆重任在肩，义不容辞。

陪诸公饮巴大将军宅①

佳兴南楼月正新②，森沈西第夜留宾③。
围炉卷幔初飞雪，击剑行杯不起尘。
四座衣冠谁揖客④，一时参佐尽文人⑤。
褐衣久已惭珠履⑥，不敢狂歌吐锦茵⑦。

（选自《秋笳后集》卷7）

【注】

①诸公，宁古塔地区的八旗将领。巴大将军，即巴海。

②“佳兴”句，南楼，古楼名，又名玩月楼，在湖北鄂州市。《世说新语·容止》：“庾太尉在武昌，秋夜气佳景清，使吏殷浩、王胡之之徒登南楼理咏。音调始遒，闻函道中有屐声甚厉，定是庾公。俄而率左右十许人步来，诸贤欲起避之。公徐云：‘诸君少住，老子于此处兴复不浅。’因便据胡床，与诸人咏谑，竟坐甚得任乐。”后因以登南楼、南楼佳兴为长官同属员良辰欢聚的典故。

③西第，将军所居之宅。《后汉书》卷60上《马融传》：“遂为梁冀草奏李固，又作大将军《西第颂》。”杜甫《暮秋遣兴》：“无数将军西第成，早作丞相东山起。”

④揖客，平揖不拜之客，即主人请来的贵客。

⑤参佐，僚属、部下。

⑥褐衣，粗劣的衣服，这里指地位卑贱的人所着之服。珠履，缀珠的鞋，这里指显贵者所穿之鞋。《史记》卷78《春申君列传》：“春申君客三千余人，其上客皆蹑珠履以见赵使，赵使大惭。”

⑦吐，口头发表。锦茵，锦制之垫褥，喻盛筵。

【赏析】

此诗介绍了宁古塔将军巴海与辖下部将、文人欢聚饮宴的情形。

首联借用南楼佳兴的典故总领全诗。巴将军的宅邸隐藏在森林之中，幽深雅静。“森沈”，见“森沉”，林木繁盛之意。月上西楼，良辰美景，将军府今夜大开宴席，高朋满座。颔联承接首联，将描写的焦点转移到宴会之上。雪花漫舞，布幔轻飞，众宾客围炉而坐，相谈甚欢。“击剑行杯不起尘”，席间宾客舞剑助兴，宴席渐入高潮。“不起尘”写出了舞剑之人技艺不凡，也侧面反衬出巴将军麾下人才济济，实力不凡。

接下来诗人用自问自答的方式，道出赴宴之人尊贵的身份。谁是可以和将军拱手拜揖的贵客呢？“一时参佐尽文人”，原来得此殊荣的皆是书生文人。“褐衣久已惭珠履，不敢狂歌吐锦茵。”对于将军的器重，诗人自惭微贱。他认为自己衣着粗陋，地位低微，以至于不敢随意在将军的盛宴上吟诗作赋。此句既是表达对巴将军礼遇的感激，也是对满座高贤的称许。

“当上帝关上一扇门的同时，也为你打开了一扇窗”。谁能想到，千里投荒的吴兆骞，在宁古塔竟能得到宁古塔将军巴海的礼遇，真是不幸中的万幸。其实，流人们在流放地得到关照的事例并不少见。据史料记载，宁古塔将军巴海对流人中的文士很器重，先后聘请流人陈敬尹、吴兆骞等为家庭教师。流人们大多饱读诗书，满腹经纶，在当时教育水平并不普及的情况下，文人雅士的出现，让贫乏的苦寒之地有了一丝江南温婉的气息。流人们也因此成为边塞居民仰慕并争相聘请的文士，而此举也正为不善稼穑的流人们开辟了一条谋生之路。

知识改变命运，这句话在清代黑龙江流人身上得以验证。

赠陈生昭令[①]（二首选一）

软裘修带日翩翩，管记风流擅朔边[②]。
趋府直登兰锜内[③]，赋诗时向射堂前[④]。
陈琳笔健元名士[⑤]，丁掾才多自少年[⑥]。
译罢石经还跃马[⑦]，秋雕原上试鸣弦。

（选自《秋笳后集》卷7）

【注】

①陈昭令，即陈光启，福建人，疑宁古塔地区最早（顺治十二年，1655年）流来的汉人陈敬尹之子，为吴兆骞门人。吴兆骞称其“秀而嗜学，北州少年，此为之冠”。

②管记，管理文牍之职。擅，指擅场，胜过众人之意。

③兰锜，兵器架。张衡《西京赋》："武库禁兵，设在兰锜。"兰锜内，指内府。

④射堂，军中演习、比试武艺的场所，犹演武场、比武场、射箭场。

⑤陈琳，东汉广陵射阳（今江苏射阳县）人，字孔璋，富有文采，笔力雄健。曾为袁绍作檄文，数曹操罪状。后绍败归曹，曹操爱其才而不加罪，留为记室。元，同"原"，原来，本来。

⑥丁掾（yuàn），汉末沛郡（今江苏沛县）人。丁仪（？—220），字正礼，少有才名，曹操甚为赏识，并想招其为婿，因曹丕反对未成。后被曹操征召为掾（属官）。

⑦原注："昭令善国书。"国书，即满文。石经，刻在石上的儒家经典。

【赏析】

此诗主旨鲜明，中心明确。诗人不吝笔墨，极尽渲染之能事，四联皆写友人陈光启能文能武、德才兼备的超凡能力。

首联写友人的不凡气度。他衣着装束潇洒有风度，从事文案管理工作也是文采风流、名擅边镇。领联写他的文韬武略。他进入将军府就直奔武器库，在射箭场上既能百步穿杨，又能即兴赋诗，令人刮目相看。颈联借用三国时陈琳和丁仪的才华，再咏友人的年少英才和文笔豪健。尾联以文武几个动作的转换，描写友人的文武兼备和意气风发。

"译罢石经还跃马"一句，"译罢石经"指友人满腹经纶，能将儒家经典翻译成满文给边塞居民诵读；"还跃马"，写出友人善于骑射、武艺非凡。这种文武之间自由转换的能力，是历代文人羡慕并为之孜孜以求的。陆游就有"上马击狂胡，下马草军书"的诗句。弃文从武、亦文亦武，是古代诸多拥有爱国情怀的文人的梦想。

长　白　山

长白雄东北，嵯峨俯塞州①。
迥临沧海曙②，独峙大荒秋。
白云横千丈，青天泻二流③。
登封如可作④，应待翠华游⑤。

（选自《秋笳后集》卷7）

【注】

①嵯峨，山高峻貌。
②迥（jiǒng）临，远临。
③二流，指从长白山天池发源的河流。
④登封，即登山封禅。帝王登山祭天地的典礼。
⑤翠华，皇帝仪仗中一种用翠鸟羽作装饰的旗。用以代指皇帝。

【赏析】

长白山是辽宁、吉林、黑龙江三省东部和中朝边境东北部山地的总称，包括完达山、穆棱窝集岭、老爷岭、张广才岭、吉林哈达岭等。这首诗歌热情地讴歌了长白山雄伟壮丽的奇异景象，委婉地表达了诗人希望得到皇帝赏识而施展才华的美好愿望。

首联开门见山，描写长白山的磅礴气势。“东北”“塞州”，介绍了长白山的地理位置；“雄”“俯”二字，凸显了长白山的雄伟、高大。长白山雄跨东北，俯瞰边陲，威风凛凛。“嵯峨”一词，写出了山势之高峻，为进一步描写长白山张目。

颔联集中描写长白山的精神品格。长白山远离大海，虽然不能像海边的高山那样沐浴初升太阳的温暖光芒，但它历经风霜苦寒后依然巍然耸立。一个“独”字，写出了长白山独立不倚、不屈不挠的可贵品质。

颈联着重描写长白山的壮丽景色。长白山尽管地处北荒，但景色壮丽，物产丰饶。白云在山间萦绕，水流从山顶泻出，蔚为壮观。“横千丈”，言山之高、云之厚，照应了首联的“嵯峨”。这些水流似乎从青天之上奔泻而下，白云飘浮其间，真是一幅壮丽的图画。

尾联抒发了诗人的感想：如此雄伟壮丽的长白山，可以作为封禅之地，等待皇帝的临幸。结尾两句可说是对全诗的一个总结。

需要指出的是，这首诗并不只是客观地描绘长白山雄伟壮丽的自然景色，而是融入了诗人丰富的主观想象和对理想生活的向往。

杂感（三首选一）

瓯脱萧条塞路微①，阿疏城畔柳依依②。
边开驼鹿山初凿，江到牛鱼岭渐稀③。
战士中宵看堠火④，米船六月寄征衣⑤。

冰霜今岁寒应早，屈指诸军解甲归⑥。

（《选自《秋笳后集》卷7）

【注】

①瓯脱，匈奴语，意为边界，后来泛指边地。

②阿疏城，即阿速城，原明代阿速江卫所在地，在宁古塔辖境。

③牛鱼，即鲟鳇鱼。黑龙江、松花江、乌苏里江所特产。严从简《殊域周咨录》卷25《女直》："牛鱼（混同江出，大者长丈五尺，重三百斤，无鳞，骨脂肉相间，食之味长。"杨宾《柳边纪略》卷3："牛鱼，鲟鱼也，头略似牛，微与南方有别，然土人直呼为鲟，惟中土人或谓之为牛耳。重数百斤或千斤。混同、黑龙两江，虎儿哈河皆有之，最不易得，得之则群聚而脔食之。"江到牛鱼，指黑龙江、松花江交汇处的三江平原一带。

④中宵，半夜。

⑤征衣，远行守边者所穿之衣。

⑥原注："每岁出师戍黑斤诸部，至七月中河冰将合，乃归。"黑斤诸部即赫哲族各部落。寒应早，即希望寒冷提前降临，以便出征亲人早日回归。

【赏析】

这首诗咏叹了清朝宁古塔地区的荒凉和戍边战士的思亲之苦。

首联重点描写了宁古塔的荒凉孤寂。宁古塔边地草木萧瑟，道路狭窄拥挤。宁古塔境内虽然杨柳依依，但是没有半点生机，处处散发着荒凉的气氛。首联选取"杨柳依依"这一意象，构成一幅哀愁的景象，勾起人们对于戍边之苦的遐想。

颔联描述了宁古塔地形的崎岖，表现了戍边环境的恶劣。连亘蜿蜒的山脉，起起伏伏地向远方绵延，远观像是活泼的驼鹿，走近看来又像是能工巧匠精雕细琢的工艺品。一直到江水汇聚的三江平原一带，山岭才渐渐平缓稀少。

颈联和尾联通过转换写作视角，表现了戍边之苦和家中亲人思念之切。寒月高悬夜空，戍边战士起床查看烽火，盘算着该到用米船运征衣的时节了。战士思归，家中亲人也期盼着今年寒冷能够提前降临，以便出征亲人早日归家。

全诗通过铺排大量荒凉景物来表现塞外环境的恶劣，侧面写出了戍边战士之苦，最后通过转换写作视角升华情感，表现了戍边战士与家中亲人的思念深重。

九 日

龙沙不见戍归期，抱病频惊节序移[①]。
白草征人千里恨，黄花故国十年思。
雪晴大野雕飞迥[②]，冰薄长河马度迟。
欲上荒台愁极目[③]，云山面面是天涯[④]。

【注】

①节序，节令的顺序。
②迥，远。
③荒台，指宁古台（今海林旧街镇龙头山）。
④云山，云雾弥漫之山。

【赏析】

这是诗人遣戍宁古塔十年左右，在一个重阳节（农历九月初九）所写的怀乡之诗。

前四句寥寥数语，讲述诗人的生活现状。来到边塞已经十年多，不知道什么时候能够遇赦还乡。生病在床多日，竟然都不知道时节的变化了。离家十年，诗人无时无刻不在思念故乡。在距离故乡千里之外戍守，满眼所见的只是漫无边际的荒草。

后四句写诗人有书难寄、有家难归的无奈。雪后四周一片空旷，雕在空中盘旋几圈后远远地飞走了。河面因为结冰变得异常光滑，车马只能缓慢地行走。在这个“每逢佳节倍思亲”的重阳节，诗人想要登上宁古台眺望家乡，可是能看到的只是云雾缭绕的群山和群山后面更远的天涯。

重阳节是登高祈福的节日，也是最容易勾起古代文人思乡怀亲的日子。其实，思乡情怀在平日也是存在的，只是不显露出来，但一旦遇到某种触点，就很容易爆发出来，甚至一发而不可收。“何当载酒来，共醉重阳节。”古人重阳思亲，我们现代人又何尝不是呢？在两千多年的沿袭传承中，重阳节被赋予了思乡、爱国、敬老等多元文化内涵，注入了深沉的情感寄托，承载着中华儿女亘古不变的家国情怀。

可汗河晓望①

长河泱漭抱孤城②，河渚苍苍牧马鸣③。
旌旆晓迷鸦岭色④，风涛春走雁沙声。
近边亭障千年迹⑤，出塞星霜万里情⑥。
羁戍自关军国计⑦，敢将筋力怨长征⑧。

【注】

①可汗河，又称忽汗河，即牡丹江。

②泱漭（yāng mǎng），广大无边貌。孤城，指当时诗人所居的宁古塔新城。

③苍苍，深青色。

④旌旆，即旗帜。指当地驻防八旗军之军旗。鸦岭，含义不详。

⑤亭障，边塞的堡垒。千年迹，千年的遗迹。

⑥星霜，星一年一周转，霜每年因时而降，这里以星霜指年岁或岁月。出塞星霜，指流放后的岁月。

⑦羁戍，流放戍边。

⑧敢，怎敢，即不敢。

【赏析】

此诗咏诗人于可汗河晓望时所见到的八旗军驻防的壮观景象。

开篇便是大视角的景物抒写。可汗河广阔无垠，远看与天色融为一体，近看环绕着城郭缓缓流淌，河边草色青青，战马饮水嘶鸣。首联通过描写“长河抱城”“战马嘶鸣”的景象，生动形象地描绘出一幅可汗河全景图。

颔联运用视听结合的手法，描写了八旗军驻防训练的壮观场面。清晨，战士们手持军旗开始训练，飘扬在风中的旗帜使鸦岭的颜色变得模糊不清，整齐激昂的训练声甚至可以盖过大雁的鸣叫声。“晓迷鸦岭色”，写出了军旗之多；“雁沙声”，说明训练声之大。

颈联“千年迹”“万里情”两词，既表现了戍地边城历史之久远、边防之重要，也写出了诗人驻守边塞、忠心不改的决心。既然流放政策与朝廷的军国大计有关，那么尽管自己精力日衰，但是对于朝廷的流放也是无怨无悔的。尾联诗人直抒胸臆，表达自己以国事为重、不计个人得失的爱国情操。

读古诗，每每感动于古人那誓守疆土、忠心不改的爱国情怀。其实，爱国之心，古今皆如是。疫情当前，于军人而言，固守国防，守土保疆是爱国；于医护人员而言，冲锋在先，抢救生命是爱国；于学生而言，刻苦读书，立志高远是爱国；于普通百姓而言，做好防护，听从指挥是爱国。在这个千载难逢的盛世里，我们的每一个善举皆是爱国。国，已印刻在我们的心里，爱它之心，历久弥坚。

都统郎公奉使塞外赋此奉赠①（二首选一）

清秋驿路净氛埃，落日鸣笳使者来。
早拜千牛陪凤辇②，新驱驷马出龙堆③。
旌飞杨柳城阴晚，帐拥芙蓉剑色开。
多少冰天迁客泪，待君归奏建章台④。

（选自《秋笳后集》卷7）

【注】

①郎公，即郎坦（?—1695），一作郎谈。瓜尔佳氏，满洲正白旗人。内大臣吴拜之子，年十四即为侍卫。康熙时历任护军参领、都统等职。康熙十三年（1674年）曾奉命巡边，康熙二十四至二十五年（1685—1686年）从彭春于黑龙江抗击沙俄侵略者，取得了雅克萨之战的胜利。

②千牛，禁卫官名，又作千牛备身、千牛卫、千牛仗，后魏时所置，掌执御刀，为君主亲身护卫。称千牛者，取《庄子》庖丁解牛，宰千牛而刀刃锋利如新，以喻武艺非凡之意。凤辇，皇帝所乘的车子。

③龙堆，参见《秋日杂述》（五首其一）注⑤。

④建章，汉代宫殿名，这里泛指朝廷。

【赏析】

此诗咏郎都统塞外巡边的壮观场面，全诗高度称赞了郎都统的丰功伟绩。

首联以景色切入。秋高气爽，天空一片澄明，落日熔金，郎都统在兵卒的簇拥下，浩浩荡荡地奉命巡边。

颔联介绍了郎都统的辉煌过往和今日荣光。郎都统出身高贵，武艺超凡，十四岁为皇帝亲身侍卫，如今亲奉君王意旨巡视边防。巡边队伍是多么显赫啊！那飘荡的旌旗像杨柳的树荫一样令天空为之暗淡，那华贵的芙蓉帐在阳光的照耀下熠熠生辉，这浩大的声势尽显荣耀与尊严。

尾联两句既是诗人的心里话，也是其写作此诗的最终目的。这冰天雪地的边塞留下了多少流人的血泪，恳请郎都统能够将流人的哀伤回奏皇帝，祈求皇帝的宽宥。

郎都统巡边，吴兆骞以流人之身写诗奉赠，诗中难免有奉承、讨好之意。但细细想来，这也无可厚非。从南而北，万里漂泊，谁不期望早日遇赦回归故里呢？坦然接受朝廷的惩罚，并不代表安于现状、消极等待。只要心中抱有希望，在任何有可能改变命运的机会面前，都要主动出击，勇敢地尝试。随遇而安地生活，亦不能忘却自我救赎的努力。

夜　行

惊沙莽莽飒风飙①，赤烧连天夜气遥②。
雪岭三更人尚猎③，冰河四月冻初消④。
客同属国思传雁⑤，地是阴山学射雕⑥。
忽忆吴趋歌吹地⑦，杨花楼阁玉骢骄⑧。

【注】

①惊沙莽莽，形容风沙暗天，声势惊人。飙（biāo），狂风怒卷。

②赤烧（shào，读去声），狩猎时烧起的火堆。夜气，夜间的清凉空气。

③雪岭，覆盖白雪之山岭。

④冰河，此指漂浮冰块之河流。

⑤属国，指苏武。苏武出使匈奴十九年，归国后任典属国。传雁，匈奴扣留苏武时，谎说武已死。汉昭帝也编造假话说在上林苑射雁，见雁足上有苏武的书信，以此向匈奴讨回苏武。

⑥阴山，在内蒙古自治区中部。该地人民善于骑射。这里指代宁古塔地区。

⑦吴趋，即《吴趋行》，乐府，杂曲歌辞名。晋代崔豹《古今注》曰：“《吴趋曲》，吴人以歌其地也。”

⑧玉骢（cōng），即玉花骢，马名。

【赏析】

此诗咏诗人夜行之所见，反映了诗人的思乡之愁。

前两联可以说动静结合。首联写动景，集中描写夜行景物的“惊”和“飒”。惊沙蔽天，狂风怒卷，野火燃烧升起的烟雾在寒风的肆虐下消失于荒野。“惊沙”“飒风飙”，这两组词极具动感，准确地传达出宁古塔风大沙多的气候特点。

颔联写静景，重点描写夜行景物的“静”和“缓”。山岭上覆盖着厚厚的积雪，周围一片寂静，夜已三更，尚有人在岭上打猎。已到四月，冰封的河流才开始缓缓解冻。“雪岭三更人尚猎”一句，侧面反映出宁古塔居民生活的艰辛。

颈联诗人以牧羊塞外的苏武自比，盼望自己能像苏武那样，凭借“雁足”给家人寄信。同时也劝慰自己尽快接受并习惯当地的风俗，安心地客居塞外。“客同属国思传雁”，“客”字措词独具匠心，明明是被囚之身，却偏偏说是异乡作客，从中隐约可见诗人无罪被遣的遭遇。“思传雁”三字，传达出思乡怀亲之情。

尾联是诗人对家乡的回忆，“杨花”“楼阁”“玉骢”三个意象都是虚写，是诗人夜行途中突然忆起的往事。诗人忆起的并不是一时一地的生活片段，而是他在江南度过的少年和青年时代。这三个意象，每一个都有其各自的表意功能。“杨花”与颔联的“冰河四月”相对应，冰河的凝固与杨花的漫天飞舞恰成反衬，一个冰冷肃杀，另一个则洋溢着活泼的生机；楼阁，指江南鳞次栉比的建筑，暗示其富饶和繁华，与首联荒凉的景象相映衬；“玉骢”与“雪岭尚猎”相对应，前者养于马厩，后者被猎杀荒岭。萧索与繁华，死气与生机，其实正是现实与梦想所形成的强烈反差的缩影。于对比之中，彰显诗人流放生活的痛苦和渴望赐还的心情。

三月十二日河上口号①

三月归鸿满塞天②，流澌日暮尚凄然③。
自从身逐乌龙戍④，不识春风二十年。

（选自《秋笳后集》卷7）

【注】

①口号，信口吟成的诗文。
②归鸿，飞回的大雁。
③流澌，解冻时流动的冰水。澌，流冰。
④乌龙，即黑龙江。

【赏析】

这是一首思乡诗。诗歌是诗人的自白。“目送归鸿，手挥五弦”，看到由南北归自由飞翔的鸟儿，诗人不由得心生感慨，自己何时能像它们一样恢复自由之身。身在戍地已二十载，但回想生平遭际仍满心“凄然”。宁古塔，虽是居所，但并非故乡。这里的春风，凛冽干冷，而故乡的春风却是那样暖气绵绵。二十载，不识故乡春风的真面目了。

此诗读来虽轻快自然，但其中蕴含的身世之感和命运之叹确实非常辛酸。全诗一字未提思乡，但读来却让人心生感叹。“故乡”是什么？它是一种精神的导引和寄托，虽目不能看，手不能触，却化作一缕春风、一抔黄土、一丝清香，让羁旅之人心心念念，魂牵梦绕。

祁奕喜初至留饮[①]

清霜羸马古城东[②]，笳管声凄帐影空[③]。
一别朱门瑶草后[④]，相逢紫塞战尘中[⑤]。
交游衹讶当为尽[⑥]，尊酒翻怜此夕同[⑦]。
莫道朔边冰雪地[⑧]，迁人何处不途穷[⑨]？

【注】

①祁奕喜，即祁班孙。字奕喜，小字季郎。山阴（今浙江绍兴）人。南明弘光朝苏松巡抚祁彪佳之次子。明亡，其父死节,班孙与其兄理孙，毁家纾难，密图恢复。康熙元年（1662年）以交通海上抗清武装张煌言、郑成功事泄被捕，遣戍宁古塔（此即通海案）。康熙四年（1665年）逃归，隐姓埋名，到苏州吴县（今苏州市吴中区、相城区）尧峰山寺中,削发为僧，号咒林明大师。

②羸马，瘦弱之马。

③笳管，古管乐器名。本出龟兹，后传入中国。以竹为管，以芦为首，状似胡笳。帐影空，帐中人影已空，表示已经出帐。

④朱门，红漆门。古代王侯贵族的住宅大门漆成红色，表示尊贵。因称豪门为朱门。瑶草，仙草。也泛指珍异之草。诗中“朱门”“瑶草”均指代祁奕喜之家。因祁家本为望族，世代为官，奕喜之父祁彪佳曾任苏松巡抚，故以“朱门”“瑶草”誉之。

⑤紫塞，见吴兆骞《生查子·古意》注②。战尘，康熙二年（1663年），沙俄入侵，迫使宁古塔将军巴海备战，因此说“战尘中”。

⑥交游，往来的朋友。衹，不过，仅。

⑦尊，同“樽”，酒器。翻怜，反而怜惜。

⑧朔边，北方边境。

⑨迁人，被放逐、贬谪之人。途穷，指路尽，无路可走。语出晋代阮籍乘车至途穷

无辙处痛哭而返之事。

【赏析】

康熙二年（1663年）二月祁奕喜遣戍到宁古塔，诗人留饮赋诗，既写塞外相逢的意外之喜，又写流人到处途穷的悲惨处境。

友人重逢应该是欢乐喜庆的，但此诗一开始便渲染出萧索悲戚的氛围。寒霜高挂枝头，阵阵冷风袭向城东瘦弱的老马，胡笳声凄清地回荡在风中，人去帐空。“清霜”“瘦马”“古城”“胡笳”这些意象，无不暗示着凄苦和哀伤，也预示着二人这次伤感的重逢。

颔联写诗人与友人重逢的感慨，依然是泪水多过欢喜。自从江南一别后，没想到再见面竟是在万里之外的边塞。本以为此生再无见面的机会，没想到今日还能在一起把酒言欢。从昔日的“朱门瑶草”到今日“紫塞战尘”，荣华富贵瞬间化作枷锁，友人命运的急转直下勾起了诗人的往昔之痛。

尾联诗人颇为消极地跟友人倾诉：别再说宁古塔是绝域苍茫的苦寒之地了，对于流放之人而言，哪里还有什么前途与出路呢？

祁奕喜也曾是朱门贵胄之子，一朝罹难，流放边塞，这和吴兆骞的经历颇为相似。二人相逢在万里之遥的宁古塔，对酒洒泪，互诉衷肠。对祁奕喜而言，初抵边塞，罹祸时的恐惧与心悸还尚未消散，故而席间二人说的多是一些消极落寞之语，听来让人徒生悲凉。诗尾吴兆骞道：“莫道朔边冰雪地，迁人何处不途穷？”此语实在太过悲观。

历朝历代，被发配流放的文人士子比比皆是。从战国时期的屈原到唐朝的韩愈，从北宋的苏轼到清朝的林则徐，皆不止一次地被流放绝域。屈原一流汉北，二流江南；韩愈两次贬官，五过耒水；苏轼三流黄州、惠州、儋州。但他们都坦然接受，并在放逐之地如火如荼地干起了事业。韩愈在潮州驱鳄除害，兴修水利；苏轼在儋州带领乡民挖井取水、发明农具、自编教材开办学堂；林则徐在伊犁兴修水利，实地查勘荒地，造福人民。所以，不管生活给予了我们什么，我们都应试着接受并与之和解进而热爱它。因为我们无法预知生活的内容，但我们可以把握对待生活的态度。

送人从军

刁斗聚严城[①]，高旗出五营。
雪开金帐色[②]，沙乱铁衣声。
碛断山回合[③]，军孤战死生[④]。
开边天子意[⑤]，何敢怨长征[⑥]。

【注】

①刁斗，即金柝。严城，具有紧张气氛之城镇。
②金帐，以金为饰之帐，征战时主将所居的大帐。
③山回合，山势环绕。
④战死生，在战斗中非死即生，言战斗之激烈。
⑤开边，开拓疆土。
⑥何敢，不敢。

【赏析】

这是勉励友人从军征战之作。据诗意及当时东北现状来看，此类战斗是针对沙俄入侵所采取的军事行动。

天高风寒，飘荡于城镇上空的金柝声将人们的心弦拉紧，整个城镇充满了肃穆紧张的气氛，将士们高举旗帜，整装待发。首联通过景物描写和视听结合，以打更声和军队整装表现出战前紧张压抑的气氛。

颔联和颈联诗人运用“风雪”“沙石”“铁衣”等意象，想象着大军的驻扎和战斗情况。大雪肆虐，飞舞的雪花掩盖了将军华贵的营帐；沙石飞扬，呼啸的风声淹没了战士们铠甲碰撞的声音。在险要地势的争夺中，战斗非常惨烈，战士们九死一生。开拓疆土是皇帝的旨意，怎么敢怨恨战争的残酷呢？尾联诗人劝勉友人，全力备战，同时委婉地表达出对朝廷开疆拓土之战的担忧。

校猎即事[①]

锦袖臂鹰轻[②]，分弓出柳营[③]。
飞身骄马足，仰手落雕声[④]。
鼓合风林动[⑤]，围开雪野平[⑥]。
归来金帐饮[⑦]，一片画旗明[⑧]。

【注】

①校（jiào）猎，设栅栏以便圈围禽兽。杨宾《柳边纪略》：“十月，人皆臂鹰走狗，逐捕禽兽，名曰‘打围’。按定旗分，不拘平原山谷，圈占一处，名曰‘围场’。

无论人数多寡，必分两翼，由远而近，渐次相逼，名曰‘合围’。或日一合再合。”

②锦袖，锦制之衣袖。

③分弓，指按定旗，分配弓箭。柳营，即细柳营。汉代周亚夫治军严明，曾营于细柳，故后人称军营为柳营。

④“仰手”句，指雕被射落，仰手去接。

⑤鼓合，鼓声合拢过来。此句写合围。

⑥围开，此句写打围停止。

⑦金帐，见吴兆骞《送人从军》注②。

⑧画旗，有彩饰的旗。

【赏析】

全诗通篇写宁古塔旗人打围的热闹场面，并未掺杂任何个人情绪。

开篇描写狩猎之前的准备工作和猎手们的精神状态。猎手们穿着锦制的衣袖，分发弓箭走出军营。他们个个精神抖擞，准备在猎场上一较高下。

鼓声响起，打围开始。猎手们分成两翼，由远而近，渐次相逼。“飞身骄马足，仰手落雕声”，“飞身”“仰手”“落雕”，领联一连串动作描写出猎手们动作迅速，矫健如飞。很快，密集的鼓声再次响起，猎手们形成合围之势。一番激烈的拼杀较量后，个个收获满满，兴尽而归。“归来金帐饮，一片画旗明”，回到军帐之中，众人开怀畅饮，帐外飘扬的彩旗彰显着猎手们满载而归的喜悦。

全诗通过对雪域狩猎宏大场面的描写，展现出边塞军民雄阔豪迈的个性风采和乐观积极的进取精神。

生查子·古意[①]

秋高紫塞风[②]，阵阵衔芦雁[③]。
盼断别时音，尘暗书难见。
昨岁灞桥头[④]，折柳看如线。
又是玉关春[⑤]，絮卷天涯远。

【注】

①古意，前人多有以此作为诗词题目者，如唐代李颀就有《古意》诗。

②紫塞，《韵府》引《古今注·都邑》：“秦筑长城，土色皆紫，汉塞亦然，故称

紫塞焉。”此处指长城。

③衔芦雁，《淮南子·修务训》：“夫雁顺风以爱气力，衔芦而翔，以备矰弋。”《推篷寤语》：“雁北归，必衔芦，越关则输之。予考雁从风而飞，春夏南风，故北飞，秋冬朔风，故南飞。秋冬过南，食肥体重，故借芦以助风力，塞北风高则无此事。”

④灞桥，在今陕西省西安市灞桥区，跨灞河上，唐人饯别者多于此折柳送别。

⑤玉关，即玉门关。

【赏析】

这阕词写塞外思乡的哀愁。

首联以描写塞外景色起兴，暗含思乡。天空澄澈，长城上吹来阵阵秋风，衔着芦苇飞翔的大雁在秋风的助力下飞往南方。颔联写诗人与家乡的音信断了，就连从前那种积满灰尘、颜色褪去的信，现在也很难见到了。离乡数千里，流放十几年，时间与空间的阻隔让诗人无法回乡，对家乡的思念日甚一日。

后两联写诗人想象中的家乡之景，思乡之情更进一层。昔日在灞桥桥头折柳相送，如今柳枝又抽出新芽了吧。玉门关想来已经进入春季，那洁白轻柔的团团柳絮，想是又被春风裹挟着飘到天涯海角了吧。

四季的更替，万物的消长，总能撩动诗人那敏感的神经。“昔我往矣，杨柳依依。今我来思，雨雪霏霏。”春天送别，冬日归家，《诗经》用短短十六个字写尽了离别与重逢的悲欢。一年又一年，柳枝枯了又绿，那寂寞无言的柳树见证了诗人十几载绝域生活的痛苦与辛酸。

吴兆骞初到宁古塔时，常住居民仅有三百多户。他在给父母的信中说：“宁古寒苦天下所无，自春初到四月中旬，大风如雷鸣电击咫尺皆迷，五月至七月阴雨接连，八月中旬即下大雪，九月初河水尽冻。雪才到地即成坚冰，一望千里皆茫茫白雪。”对于一个出生官宦世家的书生而言，这种居住环境无异于宣判了他的死刑。可以想象，在无数个雷鸣电击的雨天、滴水成冰的冬日，吴兆骞站在河边，遥望家乡的方向，思念家乡的暖阳、新柳和漫天的飞絮。日日苦熬，何日是归期？

送人之羌突里街[①]

飒沓黄骢去[②]，秋风动玉珂[③]。
苍茫元菟外[④]，落日满金河。
故垒鸣笳少，晴原徙帐多[⑤]。

年年候烽火⑥，愁唱破羌歌⑦。

（选自《秋笳集》卷3）

【注】

①羌突里，又作羌秃哩，满语音译，汉语为苍头街。今称秦得利、勤得利。地在黑龙江、松花江汇合口之下。

②飒沓，众盛貌。骢，青白色的马。

③玉珂，马络头上贝制的装饰物。

④元菟，即玄菟，郡名。汉武帝时所置，辖境相当于今辽宁东部及朝鲜咸镜北道一带。这里泛指边远之地。

⑤徙帐，指戍边驻防的帐篷。

⑥候，伺望。烽火，报警的烟火，指边防报警信号。

⑦破羌歌，殆为当时流行的抗沙俄民歌。羌，老羌，清初对沙俄的称呼。

【赏析】

这是一首送人戍边的诗篇，写诗人送友人奔赴疆场、抗击沙俄入侵的历史事实，充满了悲壮之情。

征人戍边是诗歌中吟咏得比较多的题材。“捐躯赴国难，视死忽如归”，曹植在《白马篇》中将壮士赴边写得尤为动人和悲壮。前四句写友人潇洒威武的装束和动作。高大强壮的骏马，华丽名贵的辔头，在落日的辉映下，友人策马而去，伴着玉珂悦耳的碰撞声，消失在茫茫原野上。“黄骢”“玉珂”，皆名贵之物，反映出友人的高贵和不凡。

后四句借古今兴亡之变，暗喻征战之苦。故垒的战火已渐渐熄灭，但抗击沙俄侵略的战火却年年未曾停歇。“愁唱破羌歌”，连年的战争烽火，老百姓也深感其苦，以至于到了听到“破羌歌”便发愁的地步。可即便如此，在国家有难之时，百姓们依然挺身而出，为国而战。

“飒沓黄骢去，秋风动玉珂”，落日的夕阳中，一身戎装的少年骑着骏马，投身沙场，这既是一幅令人动容的浪漫唯美的画卷，亦是一首荡气回肠的悲壮赞歌。

念奴娇·家信至有感[①]

牧羝沙碛[②]。待风鬟[③]，唤作雨工行雨[④]。
不是垂虹亭子上[⑤]，休盼绿杨烟缕。
白苇烧残，黄榆吹落，也算相思树[⑥]。
空题裂帛，迢迢南北无路[⑦]。
消受水驿山程，灯昏被冷，梦里偏叨絮[⑧]。
儿女心肠英雄泪，抵死偏萦离绪[⑨]。
锦字闺中，琼枝海上，辛苦随穷戍[⑩]。
柴车冰雪，七香金犊何处[⑪]？

【注】

①此词约写于1659年至1662年。因其妻葛采真是于1663年二月初五日到达戍所的。此词前人以“语出至情，故当独擅”与“凄怨”誉之。

②羝，公羊。这是用苏武牧羊北海的故事。沙碛，沙漠荒凉之地。

③风鬟，指妇人。

④雨工，陈翰《异闻集》：“柳毅见妇人牧羊，问之。曰：‘此非羊，雨工也。’问：‘何谓雨工？’曰：‘雷霆之属也。’”

⑤垂虹亭，在江苏吴江（今属苏州）东，不仅是诗人故乡，也是江南名胜。

⑥相思树，左思《吴都赋》：“相思之树。”注：“相思，大树也……其实如珊瑚。”其实即红豆，红豆名相思子。

⑦裂帛，裁帛作书。因古代无纸，需在帛上写信。语出《汉书·苏武传》。迢迢，远貌。“空题”两句是写通信之不易。

⑧消受，忍受。叨絮，谓话多而连续不断。这三句写在灯昏被冷的夜里，梦魂飞越万水千山，与妻子叨叨不绝地诉说着。

⑨抵死，总是。

⑩锦字，指前秦苏蕙（字若兰），织锦为回文诗寄其夫窦滔事。琼枝，玉树之枝。屈原《离骚》：“溘吾游此春宫兮，折琼枝以继佩。”喻美好之人。此指诗人自己。海上，有海角之意，即僻远之地。穷戍，困厄的戍守边疆之人。这三句是说，妻子如织锦回文的苏若兰，寄信给自己；自己却辛辛苦苦地随穷戍者来到边塞。

⑪柴车，简朴无饰的车子。七香金犊，用牛拉的华贵的车。金犊，黄犊。这两句是写自己在戍所之所见只有冰雪柴车，而妻子乘坐的七香车在何处呢？

【赏析】

这阕词是诗人收到家书后，回首过往，情难自抑，挥笔写就的诗篇。

起句一个“羝”让我们想到牧羊北海、“羝乳，乃得归”的苏武，二人虽然牧羊的起因不同，但此处用“牧羝沙碛”四字不仅交代了诗人的流放生活，而且暗示出诗人如苏武般忠贞耿介的性格。“风鬟”是以“鬟”喻云，表现乌云低垂，天阴欲雨的情形，暗喻诗人苦闷无主的心绪。首句既是自然景色的再现，也是诗人情感的折射。

回想江南的春天，莺歌燕舞，杨柳堆烟，是何等迷人和令人神往，但现在诗人却身陷宁古塔，天寒地冻，辛苦难挨。白色的芦苇经野火延烧，已变得乌黑秃残；青绿的榆钱也已发黄凋落，无奈只能借眼前这些残缺、落寞的景色寄托自己对亲人的相思。“裂帛”指裁帛作书，“空题”形象地表达了诗人的遗憾。由于山水阻隔，音信不通，诗人无法与家里的亲人联系，此中伤感，真是委屈莫名。

词的上片描绘了戍地的苦寒与诗人失落寂寞的心情，景色的渲染，意象的对比，使诗人的谪戍之情跃然纸上。

下片紧接着上片的苦寒与寂寞写起，“消受水驿山程，灯昏被冷”，“消受”即忍受，“水驿山程”犹言地处偏远，山路曲折，“灯昏被冷”指天气寒冷，灯光幽暗。现实的寂寞、艰辛促使诗人到梦中去追寻人生的美好，聊以自慰。儿女相思之苦，英雄失意之泪，千转百结，时时刻刻折磨着诗人脆弱的心灵。美好的事物是那样的遥远，宝马香车的快意生活更是难以企及，美好的梦境，残酷的现实，两相对照，越发激发诗人的伤感之情。

这阕词主要运用了对比的表现手法。上片以塞北的荒凉与江南的繁华对比，突出谪戍生活的艰苦。下片以梦境的温存与现实的残酷对比，抒发两地相思的深厚感情。

同诸公登中后所戍楼①

若为荒戍驻征轺②，纵目烽楼野色遥。
万里川原迷大漠，百年亭堠识前朝③。
平沙暮卷山头树，落日晴翻海上潮。
倚堞却寻南首路④，汉关迢递已云霄⑤。

（选自《秋笳集》卷2）

【注】

①诸公，指因丁酉科场案与吴兆骞一同赴戍所的方拱乾、方孝标、方亨咸父子及钱

威等人。中后所，即明代广宁前屯卫中后千户所，在山海关东北一百六十里，今辽宁绥中县。为明末山海关外的重要军事据点，曾建有城堡驻重兵守卫，崇祯十七年（顺治元年1644年）三月，明以李自成农民军逼近北京，召宁远总兵吴三桂统兵入关卫京师（今北京），才放弃毁坏。

②荒戍，荒远的营垒，指中后所。征轺（yáo），使者所乘之车，指明平西伯吴三桂统兵驻守。

③“百年”句，指明朝在辽东地区延袤数千里设立的墩堠烽火台。

④堞，城墙上如齿状的矮墙。

⑤汉关，这里指山海关。

【赏析】

此诗写吴兆骞与同遭流放的友人，登明朝遗迹“中后所”时的所见所感。

前四句抚今追昔，发思古之幽情。首联交代此地曾是吴三桂统兵驻守的地方，茫茫荒原草色若有若无，城楼的断壁残垣彰显着昔日重兵驻守时的荣耀。抬眼望去，广阔无垠的万里平原皆被黄沙掩盖，明朝设立的绵延数千里的墩堠烽火台清晰可见。昔日的无上荣光，如今皆已雨打风吹去，烽火台的命运如同诗人自身的遭际，有此联想，难免落寞失意。

后四句睹物伤情，兴思乡之慨叹。日暮时分，北风吹起满地的黄沙洒落枝头，翻滚的落霞好像海上的潮水一般，忽明忽暗。诗人依靠在城墙上寻找通往南方的路，却发现路已蜿蜒入云霄，不见了踪迹。

古往今来，多少文人墨客登高临远，发尽个人忧思和家国情怀。“落日楼头，断鸿声里，江南游子。把吴钩看了，栏杆拍遍。”昔日，南宋的辛弃疾深感国破家亡，报国无门，拍遍栏杆，却无人明了其渴望驰骋沙场，报国安民的雄心。今日，吴兆骞倚堞南望，又有谁读懂他渴望赐还、侍君孝亲的心声。“无人会，登临意”，此情此景，何其怅惘！

帐　夜

穹帐连山落月斜①，梦回孤客尚天涯。
雁飞白草年年雪，人老黄榆夜夜笳。
驿路几通南国使，风云不断北庭沙②。
春衣少妇空相寄，五月边城未著花。

（选自《秋笳集》卷3）

【注】

①连山，就着山势。

②北庭，汉时北匈奴所居之地，这里指诗人所居之地。

【赏析】

这首诗是吴兆骞流放宁古塔三年之时，在月夜思念家人时所写。

首联写景为实，写梦为虚，虚实对照鲜明。营帐连着蜿蜒的山势延向远方，山的尽头落月低垂，诗人梦到自己回到家乡，醒来才发现还是孤身一人客居他乡。颔联从视听角度描写了塞外风景。“白雪”“黄榆”是静景，乃眼中所见；“雁飞”“胡笳”是动景，是耳中所闻，动静结合，写出了边地特有的景象，给人身临其境之感。

颈联用“南国使”和“北庭沙”写出诗人居住之地的偏远。负责联络南北方的驿使一年中可往来几次，可北方的风沙无论冬夏从未断绝。远在南方的妻子体贴地寄来了春衣，可她却不知道在这苦寒的边塞，五月春花尚未发芽，这春衣也只能空放着，等待夏日来临。尾联写出了妻子对丈夫的体贴和关爱，也侧面反衬出边地异常的气候及诗人独处异域的孤苦。

送人归辽东

送尔驱征马，离亭叶已飞。
云山三岁别，风雨一人归。
碛晚黄羊少[1]，关寒白雁稀[2]。
苍茫望辽海，今日是王畿[3]。

（选自《秋笳集》卷3）

【注】

①黄羊为洞角科原羚属的动物。分布于中国内蒙古、甘肃、河北、吉林等地，多栖息于草原、荒漠。

②北方有白雁，似雁而小，色白，秋深则来。白雁至则霜降，河北人谓之“霜信”。杜甫诗云“故国霜前白雁来”，即此也。（《沈括·梦溪笔谈·杂志一》）

③王畿，泛指帝京。西晋潘岳《闲居赋》：“太夫人乃御板舆升轻轩，远览王畿。”《旧唐书·李光弼传》：“贼乘邺下之胜，再犯王畿。”明代何景明《刘德徵上

陵还有赠》：“已向西山瞻帝寝，更从北极眺王畿。”

【赏析】

此诗语言简洁，诗意浅显明了，通篇情意绵绵却又深厚久远，像一首送别的散文诗。

首联选取典型意象“长亭”，抒发了离别的感伤。送你上马离开，落叶见此情景都伤感不已，纷纷洒落在送别的长亭里。自从云山一别已有三年，春去秋来，如今却要再次分离，仅留我一人在这塞北之地。

颈联描写了“黄羊”“白雁”两个意象，借动物之稀少暗喻个人之寥落。天色渐晚，雪岭上奔跑的黄羊都变少了；边关渐寒，白雁也都隐匿不见了，只剩稀疏的几只在荒野飞翔。

无边无际的沙地好像大海一般宽广，分别之后不知何日再见，多希望此刻能够回到以前在京城的日子，好友相伴共游山水。尾联中诗人望着眼前苍茫辽阔的辽东大地，想象着友人今日就能抵达“王畿”之地。从诗意来看，此处“王畿”应指沈阳，清朝沈阳为陪都。尾联表达了诗人对友人的依依不舍，也从侧面写出诗人对归家无望的焦虑。

“黯然销魂者，唯别而已矣”，这是江淹给离别最好的诠释。亲友离别触动了多少人心底的情弦。有伤感洒泪者：“无为在歧路，儿女共沾巾”（唐代王勃《送杜少府之任蜀州》）；“执手相看泪眼，竟无语凝噎”（宋代柳永《雨霖铃》）。有浪漫唯美者：“日暮酒醒人已远，满天风雨下西楼”（唐代许浑《谢亭送别》）；“从此无心爱良夜，任他明月下西楼”（唐代李益《写情》）。有潇洒快意者：“挥手自兹去，萧萧班马鸣”（唐代李白《送友人》）；“莫愁前路无知己，天下谁人不识君”（唐代高适《别董大》）。

无论以何种方式分别，都不可避免地要承受痛苦，因为离别本就是人生不可或缺的一部分。对于离别之苦，还是庄子的解读更为洒脱：“相濡以沫，不如相忘于江湖。”与其两个人饱经磨难，经历艰难险阻，不如就此别离，把对彼此的美好回忆藏在心底。有的时候，无法决定离别时，不如坦然面对，因为生活还要继续。

寒食大雪①

寒食边庭雪，严阴郁未开。
遥怜战场柳，春色几时来。
客泪沾笳吹，乡心托酒杯。

鸢花何处好，万里梦吴台[②]。

（选自《秋笳集》卷2）

【注】

①寒食，节令名，清明前一天（一说清明前两天）。这天禁火煮食，只吃冷食，故曰寒食。

②吴台，即吴县。

【赏析】

此诗记录寒食之日的雪景，实则写思乡之愁。

首联描写肃杀沉郁之景，突出边地气候的恶劣。已到寒食时节，边塞却还是冰天雪地，沉闷肃杀的气氛郁积笼罩着荒野，毫无春日复苏的迹象。那可怜的战地的垂柳啊！不知道等到何时才能等来春天的降临。颔联诗人同情战地柳树不能享受春风抚慰，其实也是在可怜自己身在塞外，独自忍受风寒。

后四句诗人借酒浇愁，梦回故乡。胡笳声声悲鸣，拨动诗人心底的思乡之弦，不觉间泪洒衣衫。拿起酒杯，把那万千愁绪付诸酒杯，饮下苦酒，断绝相思。可“举杯浇愁愁更愁”，思乡之情断复来。“鸢花何处好，万里梦吴台”，哪里的鸢花最好，当然是家乡吴县的。可有万水千山的阻隔无法归家啊，那就只能求助梦境，在梦里欣赏家乡的美景吧。诗尾一句，诗人苦涩地自问自答，如孤雁之悲鸣，拥有直击人心的力量，读来令人悲不自胜。

诗题虽为咏寒食之雪，实则通篇写心。“万里梦吴台”，流放边塞二十三年，于吴兆骞而言，剪不断、理还乱的永远是乡愁。

北渚望月[①]

徘徊临北渚，永夜月华寒[②]。
顾兔飞难定[③]，金波泻欲残[④]。
风微频泛滟[⑤]，浪细不成团[⑥]。
惆怅佳人远[⑦]，含情只独看。

【注】

①北渚，地址不详。当在海浪河边，由于渚是水中小块陆地或水边之意，因此这里

的北渚也当在该河边。

②永夜，长夜。

③顾兔，月亮。语出屈原《天问》。

④金波，月照水波之状。泻，倾泻。这两句指月亮在溪中飞舞，难以稳定，月光照耀的水波全部倾泻下来。

⑤泛滟，浮光貌。

⑥团，圆。

⑦佳人，美好的人。这里当指诗人妻子葛采真。

【赏析】

此诗咏北渚水月交融的景象，抒发思乡怀人之感。

首联以写月直入主题。长夜漫漫，微风凄冷。诗人徘徊在北渚岸边，只见明月照水、风微浪细。接下来的两联淋漓尽致地刻画了月下美景。月光如银，倾泻在地上，激起一片清辉。月亮像个可爱的仙子，在河水的倒映下翩翩起舞。清风拂过水面，荡起层层涟漪，以至于嵌入水底的月影难以成团。如此良辰美景，如何不令人思绪万千。

“惆怅佳人远，含情只独看。”因为妻子远在吴江，所以说此景只能独看,而不能共赏。“含情”以示对妻子的深切怀念，“惆怅”表现对不能与妻共赏的伤感。想必远在吴江的妻子也同样在赏月吧。夫妻二人，虽分隔两地，却情意绵绵；虽不能“共剪西窗烛”，却可以“天涯共赏一月明”。

诗中，月亮就像一个“殷勤探看”的青鸟，带去诗人对妻子的问候与思念，也带来了妻子对诗人的牵挂与惦念。此诗既有张若虚“春江花月夜”的哲理与浪漫，亦有李商隐爱情诗的隐晦与深情。

送巴参领①

萧萧铁马嘶，万里出榆溪②。
战气随旌旆，边心入鼓鼙③。
碛荒青海外④，驿断雪山西。
上将铭功处，残碑待尔题。

（选自《秋笳集》卷2）

【注】

①巴参领，即宁古塔将军巴海。巴海（？—1696），瓜尔佳氏，满洲镶蓝旗人。第一任宁古塔总管沙尔虎达之长子。初任佐领。顺治十四年(1657年)授秘书院学士。顺治十六年(1659年)其父卒，授为宁古塔总管。康熙元年(1662年)改称镇守宁古塔等处将军。任职期间在抗击沙俄入侵、安抚边疆少数民族方面，功勋卓著。康熙二十二年(1683年)以故被罢将军任。

②榆溪，这里指边塞。

③边心，捍卫边疆的意志。鼓鼙（pí），又作鼙鼓，乐器，古代军队用的小鼓，进军奏起时以激励战士。

④碛荒，指边远的荒漠之地。

【赏析】

这是一首送巴海将军出征巡边之诗。

前四句以环境描写发端，反衬巴将军的赫赫军威。在萧萧班马的嘶鸣声中，巴将军着戎装、跨骏马，在兵卒的簇拥下浩浩荡荡地出塞了。随风飘扬的旌旗彰显着军队的整齐与威严，震耳欲聋的鼓声激励着军士杀敌和必胜的雄心。

后四句写对巴将军立功塞外、声名远播的期待。那青海以外一马平川的疆域，雪山以西无边无尽的领土，都将是将军扬名海外、建功立业的战场。此处“青海”“雪山”皆是虚指，均是泛指边疆的湖山。

巴将军即将奔赴疆场，作为挚友的吴兆骞写诗送行。全诗虽激情满怀，充满豪情壮志，但诗后却隐藏着一颗壮志难酬的心。“学成文武艺，货与帝王家”，哪一个深受儒家思想熏陶的士人不想驰骋疆场，报国杀敌。但身已成囚，也只能写诗祝祷，寄希望于友人了。

看别人的荣耀，叹自己的悲伤。想来，何等悲戚！

七夕陪诸将饮

清夜高城载酒游，轻塞初换紫貂裘①。
雕弓夹帐空悬月，玉管登台早入秋。
独向金风嘶战马②，谁从银汉问牵牛③。
年年此夕遐荒外④，肠断穿针故国楼⑤。

（选自《秋笳集》卷2）

【注】

①紫貂裘，以紫貂皮制的裘。貂中以紫貂为最名贵。

②金风，秋风。

③银汉，银河。牵牛，星名，即河鼓二，俗名牛郎星。隔银河与织女星（天琴星）相对。这里指神话传说七夕牛郎织女相会事。

④遐荒，边远广大的地方。

⑤肠断，形容悲痛至极。穿针楼，汉代宫女于七月初七登开襟楼，穿七子针，取乞巧之意。南齐武帝建层城观，七夕宫女登之穿针，称穿针楼。

【赏析】

本诗写七夕节诗人陪巴将军及麾下参将宴饮的场景，抒发了七夕思乡的情怀。

首联点出了宴饮时间和地点。雕弓空悬，明月当空。玉管声声，塞外已是初秋时节。天气渐寒，宾客们穿着刚刚换上的紫貂裘畅饮达旦。“紫貂裘”，貂中以紫貂为最名贵。诗人以此侧面写出众人身份的尊贵，也暗示诸将昔日曾立下战功。

“雕弓”四句因物起兴，借用典故写戍边之苦。行军苦楚，雕弓和军帐形影相伴；秋季寥落，玉管吹奏清音与之相随。物尚能如此，人何以堪？年年征战塞外，与战马相依为命，谁能够将满腔的思念传递给家人呢？“谁从银汉问牵牛”，此句运用“银河”“牛郎星”等意象，委婉地写出了戍边将士不得见“佳人”的相思之苦。

尾联诗人伤己怀人，发困于塞外的幽怨之叹。每年的七夕节都在遐荒塞外孤独度过，这怎能不让那远方思念的佳人痛断肝肠。

“七夕节”是中华民族富有浪漫色彩的传统节日，又称乞巧节。这个浪漫的日子，正是天下有情人你侬我侬之时，但边疆战士们却依然要横刀立马，固守边防。莫要说“儿女情长，英雄气短”，亦不要说“两情若是久长时，又岂在朝朝暮暮”，其实“无情未必真豪杰”，正是因为心中有情义、有牵挂，有心上人要保护，边关将士才会义无反顾，血洒疆场。“丈夫非无泪，不洒离别间。”（唐代陆龟蒙《别离》）多少儿女情长的真英雄，用自己的坚韧甚至生命换来了天下的安定，换来了七夕节天下有情人的“朝朝暮暮”。

方 拱 乾

方拱乾（1596 — 1666），初名策若，字肃之，号坦庵，晚年改号甦庵，安徽桐城人。明崇祯元年（1628年）进士，官少詹事、东宫讲官。入清后，荐补内翰林院侍读学士，不久升任詹事府少詹事，参修《通鉴全书》《内政辑要》等书。为顺治帝福临所赏识，尝扈从驻跸南苑，一时传为美谈。顺治十四年（1657年）秋，其第五子方章钺参加南闱乡试，考中举人。十一月，南闱科场案发，方章钺被言官劾为与主考官方猷“联宗有素，乘机滋弊”而入狱。翌年拱乾受株连入狱。其长子方孝标、次子方亨咸也陆续入狱。顺治十六年（1659年）举家流放宁古塔。三年后以修前门城楼自赎，被赦放归，南旋。门人谥为和宪先生。平生著述甚富，诗作尤多，各体具备，其记事、咏史诸作很有特色。在戍所写诗今存计有千首以上，现存著作有《绝域纪略》（又名《宁古塔志》）、《何陋居集》及《甦庵集》。

募僧收枯骨[①]

败亡二十载[②]，枯骨尚如麻。
中岂无才智，生原有室家[③]。
啼魂昏白昼，掩面乞黄沙，
何处烦冤尽[④]，观空仗法华[⑤]。

（选自《何陋居集》己亥年）

【注】

①枯骨，枯朽的骨骼，指暴露在外的尸骨。

②败亡，指明朝灭亡。

③生，在世时，活着之时。

④烦冤，枉屈。屈死之冤。杜甫《兵车行》：“新鬼烦冤旧鬼哭，天阴雨湿声啾啾！”这里指死于战争而暴尸于野之冤屈。

⑤法华，即妙法莲华经，简称法华经，佛教的主要经典之一。僧人在人死后超度亡魂时所念之经。

【赏析】

明清之际，即从万历四十六年（后金天命三年，1618年）后金攻取抚顺开始，直至顺治元年（1644年）四月清兵大举入关，在辽沈地区明与后金（清）之间，曾展开了近三十年的频繁而又残酷的争战，双方动用了数十万军队，加上受难的百姓，死者难以数计，至清初数十年内仍白骨蔽野。因此，招募僧人收殓尸骨，是顺康间辽沈地区的一项重要举措。

这首诗即是咏叹僧人收殓尸骨之事，反映了明清之际辽东战事的残酷。

首联一个“尚”字凸显出当年战事的频繁和惨烈。春秋二十载，可以把少年变白首，亦可以令少女成老妇，可战死将士的尸骨在历经二十载风吹雨打后，依然多得令人头皮发麻。看到这些无人问津的枯骨，诗人禁不住悲从中来：这些枯骨里有多少才智之士淹没其中，又有多少无辜家庭因此家破人亡。诗歌的前四句，语言直白，语气平静，但传达出的情感却有力敌万钧之势。

颈联采用虚实结合方法，写出冤魂不得超度的凄惨。诗人想象着冤魂不停地啼哭，将白日都遮掩得昏天黑地，这是虚写。那些腐尸半掩在黄沙中，无人收殓，这是实写。

尾联两句诗人希望佛法光大，能够化解死难者的冤仇，超度他们的“亡魂”。

“兴，百姓苦；亡，百姓苦！”战争中最苦的莫过于平民百姓、兵丁士卒了。他们根本没有讨价还价的余地，只能像不系之舟一样，随波逐流，随时随地都有倾覆之灾。战争难免要死人，往往死的还是一个家庭的顶梁柱。那些在家中日日盼着丈夫归来的妻子，哪里知道深爱的人，早已化成沙漠边塞累累的白骨。

以史为鉴，我们祈求和平，珍惜和平。但对于破坏和平的侵略者，我们也绝不姑息养奸。

冰 河 行

俗以正月十六日女子无老少，率以往河冰上卧起，如祓禊戏①。

满风春望拔河戏②，燕支影落冰痕睡③。
女子联翩男子观，倾营穿灯摇鞭至。
日高人散客来迟，冰床如马凌冰驶。
掌大雪花接雪堆，耳寒酒热中流醉。
旅况无端听睹新，感时抚地为欢易。
长安今夜月盈街，千门环印婵娟臂。

（选自《何陋居集》庚子年）

【注】

①杨宾《柳边纪略》卷4：“十六日，满洲妇女，群步平沙，日走百病。或连袂打滚，曰脱晦气，入夜尤多。”可为参证。祓禊（fú xì），古代民俗，三月上巳日至水滨洗濯，洗去宿垢，谓之祓禊。

②满风，满洲风俗。春望，指正月十五日。满族拔河戏举行于既望，即十六日。

③燕支，又作焉支，本山名，在匈奴境内，产可以做红颜料用的燕支草。后匈奴失此山，做歌曰：“失我燕支山，令我妇女无颜色。”这里代指满族妇女。

【赏析】

这首诗记述了宁古塔地区满族女子拔河戏的习俗。

前四句开门见山，直接描写女子拔河戏的热闹场面。正月十六日夜间，满族女子成群结队而来，卧于冰上，或躺卧，或连袂打滚，祈求祛病消灾。为一睹女子拔河戏的盛况，男子们骑马扬鞭、提着灯笼从军营中奔来观看。“倾营穿灯摇鞭至”，“倾”字写出人之多，“摇”字写出心情之急迫。此句形象地写出了男子们急于观看拔河戏的样子，读来亲切可感，令人忍俊不禁。

中间四句写诗人观赏拔河戏的感受。太阳升起，人们渐渐散去（拔河戏一般在夜间进行）。诗人坐着雪橇姗姗来迟，风大雪急，寒气冻耳。为了御寒，诗人喝了几口热酒，很快就醉意朦胧了。自从发配宁古塔，所见所闻都是些新鲜事物。今日受到热闹场面的感染，诗人禁不住扑地而卧，体验拔河戏的感觉。

最后两句诗人对景伤情，由眼前的场景想到了繁华的都城。今晚的长安（都城北京）定是“月上柳梢头”“花市灯如昼”，热闹欢愉的场面不输此地吧。

品读清代黑龙江流人诗，每每令我大开眼界。谁能想象，在儒家思想教化的三百多年前的中华大地上，一群可爱的女子在正月十六这一天，可以无老幼，尽情地在冰面上打滚祈福。这有趣又可爱的习俗，背后透视出的是当时人们对女子地位的尊崇。女人们，无论古今，真的需要有这样一个节日，可以尽情地享受生活的欢愉。

给官粮种子至

公田野囷分春种①，黔突荒烟饱暮飧②。
不到千山十死地③，谁知一勺九重恩④。
雨过牛力宽沙碛，日落鸡栖闹瓦盆⑤。
自分生余虎豹吻⑥，官家犹似护残魂⑦。

（选自《何陋居集》庚子年）

【注】

①囷（qūn），圆形的谷仓。
②黔突，黑烟囱。飧（sūn），夕食，晚饭。
③千山，犹千山万水，比喻遥远而艰险之地。十死，形容极其危险。
④九重，指皇帝。宋玉《九辩》：“君之门以九重。”后因以九重代指皇帝。
⑤闹瓦盆，指瓦盆磕碰之声，形容贫苦之家做晚饭。
⑥“自分”句，自以为是虎口余生。
⑦残魂，犹残生，余生。

【赏析】

这首诗抒发了诗人对朝廷在春耕时向流人发放官粮种子的感激之情。

前两联诗人反复强调种子的重要性。没有到过荒域绝塞的人，永远不明白吃饱是多么艰难，能吃饱一日三餐就是朝廷天大的恩典。春日将近，总管打开谷仓，开始分发今年春耕的种子。拿到种子的人们对朝廷感恩戴德，因为这预示着这一年不会再忍饥挨饿了。

颈联描述了普通农家的日常生活。春雨过后，耕牛犁地；日落西山，鸡犬回窝。贫苦人家开始做晚饭了，屋内传出盆罐磕碰的声音。这简直就是“幸福”生活的“交响乐”。结尾两句，诗人既为自己劫后余生感到庆幸，也表达一种乐观自足的生活态度。

官家发放春耕的种子，诗人高兴之余写诗庆祝，有了种子，农耕就有了希望。清代初年，宁古塔地区主要以原始农耕为主，几乎没有商业和手工业。此处，我们必须要提及的是，流人们的到来，为清初黑龙江地域的农耕和蔬菜种植都做出了巨大的贡献。

康熙元年(1662年)，杨越因“浙江通海案”被流放宁古塔。来到戍地后，他积极地“倡满汉人耕与贾”，教当地人休闲、轮作的方法和耕种技术。顺治十八年(1661年)，张缙彦将从关内携带的蔬菜种子种植于宁古塔。他不仅自己耕种，还将种子送给他人种植。在张缙彦等人的带动下，关内的菜种不仅能够在宁古塔耕种，而且产量很高。从此，当地居民也开始种菜，甚至宁古塔附近的交罗（满音赵姓也，交罗即觉罗）也“近屯多园圃，蔬菜肥美，每于城市中贸易，足食于民”（张缙彦《宁古塔山水记》）。

从中原带种子分发给当地百姓，教他们耕种、贸易，进而教他们知识、文化。看到这些资料记载，怎能不令人动容。在虎口脱险、朝不保夕的流放岁月里，流人们仍不忘以一己之力惠及当地百姓。流放者脚下的这块土地无论给了他们多少无告的陌生，多少绝望的辛酸，但他们却无意怨恨它，而用温热的手掌抚摸着它，让它感受文明的热量，使它进入文化的史册。

问汉槎病[①]（三首选一）

倾城争问病，病小见情深。
故国全家信，天涯独子心。
凭谁堪七发[②]，好我莫孤吟。
淅沥檐前雨，如闻枕上音。

（选自《何陋居集》辛丑年）

【注】

①汉槎，即吴兆骞。

②七发，汉赋篇名，枚乘（?—前140年）所作。文中假设以楚太子有疾，吴客往问谈话，逐渐引导启发，终使太子感动，“涊（niǎn）然汗出，霍然病已”。

【赏析】

这首诗写于辛丑年（1661年）端午节前一天，反映了宁古塔地区流人对吴兆骞的深厚友情。

这首诗从不同角度，颇为详细地介绍了众人对吴兆骞生病的关切。

首联先写城中民众的关心。得知汉槎生病，城中人们都争相问候，虽然只是普通的小病，但深厚的感情是最能疗慰人心的。颔联接着写家乡亲人的关爱。得到消息，老家的亲人纷纷寄来书信，问候他们流放万里之外的赤子。颈联、尾联又写诗人自己对汉槎的惦念。听到屋檐上滴滴答答的雨声，诗人仿佛听到了友人躺在病床上发出的呻吟。他迫切地希望自己能够像枚乘那样，写出找到病因的文章，这样就可以医治友人，而他自己也就不用天天苦闷地写诗祝祷了。

全诗虽语言通俗，诗意浅显，但感情的抒写却是递进式的。“倾城争问病”，吴兆骞一人生病，全城人都来热切探望，可见流人在当地的声誉和威望。可以想见，正是因为流人们以实际言行感动了当地的居民，才获得了他们的认可和肯定。而这，也恰好为我们提供了当时满汉民族融合的一个小例证。

贡彝曲（八首选一）

（其一）

边云一骑夜关开，为报奚儿[①]踏月来。
下令八旗齐上马，将军郊外手传杯。

（选自《何陋居集》辛丑年）

【注】

①奚儿，古代对北方少数民族的称呼。

【赏析】

这首诗描写八旗将领对前来纳贡的少数民族兄弟以礼相待的情景。

《论语》有言：“有朋自远方来，不亦乐乎。”这首诗的内容恰恰反映了这种情感。一般情况下，城门夜间是不开放的，可少数民族兄弟披星戴月地远道而来，官府特地为他们打开了城门。为示友好，将军亲自带领八旗官兵来到郊外相迎，还亲手奉上酒杯，献上美酒。足见礼仪之隆重，态度之热情。从中我们可以看到清朝开明的民族政策和统一四方的影响力。

感　时

铁甲争鸣铁锁声，槛车一夜遍边城①。
春风泪湿将军树，野月魂销靺鞨营②。
自古弓藏③谁带砺④，只今盆覆几簪缨⑤。
衰愚忘记来何事，散发狂歌感圣明⑥。

（选自《何陋居集》辛丑年）

【注】

①槛车，囚禁罪犯的车子。

②靺鞨（mò gé）营，即兵营。靺鞨，革制戎服。《正字通》：“鞨，靺鞨，戎服。”

③弓藏，即藏弓，收藏武器，指开创基业的战争结束，国家进入平稳时期。这里隐含藏弓烹犬即杀功臣的典故。《吴越春秋》卷6《勾践伐吴外传》：范蠡遗文种书曰“高鸟已散，良弓将藏；狡兔已尽，良犬就烹。”

④带砺，又作带厉，指功臣爵禄长久，世代永传。语出《史记》卷18《高祖功臣侯者年表》：“封爵之誓曰：‘使河如带，泰山若厉，国以永宁，爰及苗裔’。”意思是，即使黄河狭窄如衣带，泰山细小如厉石（磨刀石），所封之国仍然永存。

⑤盆覆，即覆盆，指黑暗笼罩，沉冤莫白。簪缨，古代官吏的冠饰，以此比喻达官显贵。

⑥圣明，指皇帝。这是封建时代称颂皇帝的套词。

【赏析】

这首诗因事有感而作，介绍了被流放的郑芝龙被紧急囚离宁古塔的景象，流露出对朝廷迫害功臣的怨愤之情。

前四句描述了郑芝龙被捕时的情景。春寒袭人，草木垂泪，在凄风苦雨的月夜，郑芝龙被锁链加身，置于囚车。一夜之间，囚禁郑氏从犯的囚车遍布宁古塔的每个角落。

颈联诗人运用反问句，化用“鸟尽弓藏，兔死狗烹”的典故，暗示朝廷迫害有功之臣。自古以来，试问哪位有功之臣能安然无恙、颐享天年?帝王无情，屈杀有功之臣似乎已成常态。可怜我衰老愚蠢，忘记了自己为何被流放此处，竟然还披头散发高呼皇帝的圣明。结尾两句看似是诗人的自我嘲讽，其实是极大地讽刺了当局者的残酷无情。如此反问式的嘲讽，也使得全诗的哀伤氛围更深一层。

对于郑芝龙与清廷之间的功过是非，我们无意过多地评说。但郑芝龙的生平中有几个关键事件，在此需要普及一下：

1646年（南明隆武二年，清顺治三年）郑芝龙降清；1660年，福建巡抚佟国器报截获郑芝龙与郑成功来往信件，议政王大臣会议遂以“通海(敌)”罪名奏请将郑氏全家斩首，后改为流徙宁古塔；1661年，苏克萨哈矫颁诏斩郑芝龙于宁古塔。（一说斩于北京菜市口）。

民间对郑芝龙的评价，历来众说纷纭，褒贬不一。且不论功过，郑芝龙一生至少做过两件大事，值得一提。一是料罗湾海战，他大败荷兰入侵者，首开东方国家在海战中击败西方殖民国家的先例。二是他曾倡导制定优惠政策，引大量大陆居民定居台湾，此一举措为郑成功收复台湾做了铺垫。

春　雪

即雪已非冬，飞花别作容。
无梅堪赠客①，有泽欲敷农②。
落片衔山鸟，鞭泥问土龙③。
青阳无处见，隐隐寄朝春。

（选自《何陋居集》己亥年）

【注】

①堪，能，可。

②敷（fū），足够。

③土龙，泥土抟成的龙。用以祈雨。《淮南子·说山训》：“圣人用物，若用朱丝约刍狗；若为土龙以求雨。”汉代王充《论衡·乱龙》：“董仲舒申《春秋》之雩，设土龙以招雨，其意以云龙相致。”

【赏析】

此诗咏宁古塔春日之雪，表达诗人对农事的关心。

首联两句便可见诗人乐观旷达的性格。冬天早已过去，边塞的春季仍然是大雪漫天。既然无春日之花可观赏，那么春季别有风韵的雪花也是可以赏玩的。早春时节梅花尚未开放，无法折枝赠友，诗人便希望片片飞雪化作细雨去润泽大地。

颈联连用两个典故，表达出诗人对未来美好生活的期待。“落片衔山鸟”一句，化用了青鸟衔枝的神话，“青鸟”象征着幸福。“土龙”是泥土抟成的龙，古代用于祈雨。诗人盼望春雨早至，滋润万物，大地恢复勃勃生机。

尾联诗人乐观地表示：虽然万物尚未萌芽，但是早春的踪迹已悄无声息地来临了。诗人坚信春天一定会到来，总会有万物复苏、阴霾消散的一天。“青阳”，此处指春天。

全诗用语精练，寄语深远，写出了诗人对大地回春、万物滋长的期盼，表达了诗人向神灵祈福的心愿。

早　起

长夜厌朝眠[①]，暾光到枕先[②]。
家无烦老事，人爱早晴天。
研洗和冰墨，炉温隔夕烟。
惺惺平旦气[③]，孤坐倍泠然。

（选自《何陋居集》己亥年）

【注】

①厌，嫌恶，憎恶。

②暾（tūn），形容日光明亮温暖。

③惺惺，清醒。南宋陆游《不寐》诗：“困睫日中常欲闭，夜阑枕上却惺惺。”清代袁枚《随园诗话补遗》卷2：“言未终，惺惺欲醒。”

【赏析】

此诗记录了诗人流放生涯中平凡普通的一天，为我们勾勒出一幅温馨慵懒的休闲居士图。

整首诗像极了老人闲来无事时的一段自白。漫漫长夜，天一亮就不想早睡了，阳光洒在枕头上。本来清闲无事，不必早起，但是诗人喜欢晴朗的天气。起床以后研墨写字，墨还冻着冰碴儿。昨晚的炉火还有一点温度，炉筒还冒着少许轻烟。诗人悠闲地坐在椅子上，感到平淡惬意。

家无烦事、研墨习字、炉温夕烟，这些对流放到宁古塔的流人而言，是多么难能可贵。“孤坐倍泠然”，初看觉得诗人生活孤独清冷，但细细品味，反而备感生活平淡之可贵。遥想当年，刀斧加身、颠沛流离之时，怎敢奢望有今日之生活。

身处世俗凡尘的我们，经常会因为生活的千篇一律、寡淡无味而苦闷，进而追求生活之波澜、刺激，但到头来才发现一切皆空。“一眼望到底的日子”便是好日子。因为，平淡而韵味久远，就是生活本来的模样。

八月廿四日大雪

八月什四雪大落，旧客平常新客愕[①]。
喧和尚使旅魂惊，况值义车倒日脚。
骤寒偏侮破茅屋，土床湿压生山木。
龙钟被拥读残书，卤莽盘盛新麦粥。
敝裘在笥敢开襭[②]，留待深冬御凛冽。
老骨崚嶒如铁坚[③]，众雏肌粟难饶舌。
皇天四序有定时，冬早春温当亦随。
长安富儿貂裘死，杀人宁只穷荒陲。
昨宵野老曾闲说，寒燠无期多曲折。
十月霜晴映旭暾，御袷乘暄有时热[④]。

（选自《何陋居集》己亥年）

【注】

①愕，惊讶。
②裘，皮衣。笥（sì），盛饭食或衣物的竹器。襭（xié），用衣襟兜东西。
③崚嶒（léng céng），高耸突兀。
④袷（jié），古代交叠于胸前的衣领。

【赏析】

岑参的诗中说“胡天八月即飞雪”，宁古塔边镇也是如此。这首诗写出了边塞气候的异常和人们生活的艰难。

开篇“八月”四句直入主题，写出诗人对边塞异常气候的不适应。刚进八月，宁古塔已是大雪漫天了。习惯了南方温润的天气，第一次见到八月下雪，诗人觉得惊异，而当地居民却早已习以为常。和暖之时尚令初到此地之人感到惊异，更何况在风寒雪大的天气里辛苦劳作。

“骤寒”八句集中描写诗人生活的困窘。寒风呼啸着吹进破败的茅草房，为了避免土炕被风雪打湿，诗人把山上砍来的木头压在土炕上。屋内寒冷，诗人只好拖着老迈的身躯，盖着被子读早已残缺的书。粗糙的盘子盛出新熬的麦粥，破袄装在竹柜里，本来是要留着过冬穿的，现在只能拿出来，把长衫的下襟卷起来然后再穿上这件破袄。孩子们因为饥饿吵嚷不休，诗人也已经瘦成皮包骨。这些生动细致的刻画，为我们真实地展现了一位普通流人在冬季辛酸的生活状态。

“皇天”八句是诗人乐观的自我安慰。诗人判断，大自然的四季是有一定的规律的，冬天来得早，那么暖春应该很快就来了。穿着貂裘的富家公子尚且死在长安，谁说上天杀人一定要在边塞荒凉之地。昨晚听本地几个老人闲话，感叹冬日太过难熬。不过若十月份下霜天再赶上暖阳，穿着棉衣会感觉暖和一些。这些平淡的像唠家常似的絮絮所说，读来令人备感真实温暖。

“仁者见仁，智者见智”，读诗的魅力正在于此。本诗最令人感动的是诗人对书籍、对知识的渴望和执着。“龙钟被拥读残书”，诗人已命悬一线，但依然不放弃读书。或许，正是书中凝聚着的智慧，给了他活下去的勇气。“咬定青山不放松，立根原在破岩中。千磨万击还坚劲，任尔东西南北风。”用郑燮的这首《竹石》来致敬那些坚韧不屈、乐观向上的流人们吧！

偶 出

日光射雪雪不破，枯藜冻路牛车过①。
城南城北两三家，径往径来人一个。
孤茅遥映炊烟长，门在斜阳古堞旁②。
入门接杖先索笔，偶尔成诗恐健忘。

（选自《何陋居集》己亥年）

【注】

①枯藜，指藜杖。南宋范成大《冷泉亭放水》诗：“古苔危磴著枯藜，脚底翻涛汹欲飞。”南宋范成大《唐懿仲诸公见过，小饮凌寒残梅之下二绝》诗之二：“莫怪山翁行步涩，更无空处著枯藜。”

②古堞（dié），古代城上如齿状的矮墙。

【赏析】

此诗记录诗人一次冬季偶然的出行经历。

首联、颔联写出行路上的所见所感。大雪过后，太阳照着积雪，雪却没有融化。“雪不破”，说明雪厚天寒。诗人手拄藜杖小心翼翼地走在冰冻的路面上，一辆牛车经过。诗人孤身一人从城南走到城北，一路上只有两三户人家。

颈联、尾联写诗人归家后的日常。诗人的家就在夕阳斜照下的古城墙旁边，家中升起了袅袅炊烟，家人已开始做饭。归家后，家人接过手杖，诗人却着急索要笔墨，想快一点把刚刚想到的诗句记下来，免得突如其来的灵感消失了。

这首诗描写雪后城中的街景，孤独中有些温暖和诗意。

阴

雪积山仍紫，烟浓日懒红①。
咋宵喧太甚，晏起食方中②。
秋色村村肃，春声处处同。
惮寒偶不出③，无意学庞公。

（选自《何陋居集》己亥年）

【注】

①懒，怠惰。
②晏（yàn），迟，晚。
③惮，怕，敬畏。

【赏析】

这是一首记录日常生活的闲适诗。

首联描写诗人晨起后见到的景色。皑皑白雪覆盖着山顶，群山紫气环绕。迷蒙的烟雾遮蔽天空，太阳都懒得出来。“烟浓日懒红”，一个“懒”字，将太阳拟人化，也侧面表现天气的阴沉迷蒙。昨夜的喧闹声吵得诗人无法入睡，所以早上起床稍晚，刚刚才吃完早饭。

颈联是标准的对仗句，“村村肃”和“处处同”写出了宁古塔四季景色的单一不变。尾联诗人表示自己是因为害怕天冷才不想出门，却不经意间做起了隐士。“无意学庞公”，庞公，即东汉隐士庞德公，曾躬耕于襄阳岘山之南，拒绝刘表的礼请，隐居鹿门山而终。

整首诗语言浅近，冲淡自然，在琐碎的生活日常中流露出闲适情怀。

谁能想象，在这荒凉的边疆北镇，身负重罪的流人，竟也能安然地享受这慵懒的日常生活。可见，潮起潮落，世事无常。若没有投荒万里的流放，居庙堂之上的诗人就一定会生活得花团锦簇、风生水起吗？想必不然吧！

掩 柴 门

柴门开亦静，无事手常关。
晓露花争坼[①]，斜阳牛自还。
相看忘塞俗，久已负家山。
偶忆雍陶句[②]，开笼放白鹇[③]。

（选自《何陋居集》辛丑年）

【注】

①坼（chè），裂开。

②雍陶，晚唐诗人，字国钧，约834年前后在世，成都（今四川成都）人。工于词赋。平生恃才傲睨，薄于亲党。晚年闲居庐岳，养疴傲世。

③白鹇（xián），一种名贵的观赏鸟。《禽经》记载“似山鸡而色白，行止闲暇”，因此宋代李昉所畜养的五种珍禽中，白鹇即被称为“闲客”。唐代李白曾作诗《赠黄山胡公求白鹇》；清朝更把白鹇作为五品官服的图案。

【赏析】

首联的“静”字点出诗人居所的僻静清幽。柴门虽然开着，但门前却安静异常。闲来无事的时候，诗人白天就把柴门关了。花儿竞相开放，朝露晶莹剔透。夕阳西下，炊烟袅袅，牛羊归家。看着眼前的风景如此恬静安然，诗人竟然忘记自己已经离开家乡很久了。

“秋来见月多归思，自起开笼放白鹇”，这是晚唐诗人雍陶的诗句。尾联的意思是诗人闲暇之时偶然想起了雍陶的这句诗。所以此处“开笼放白鹇”是诗人引用的雍陶的诗句，而并非诗人打开鸟笼放出白鹇之意。尾联的意思看似直白，其实暗含两层深意。一是诗人以雍陶自比，表白自己洁身自爱、耿介不屈的性格；二是用“开笼放白鹇”一句，表现诗人虽身处边塞，但生活依旧自在安闲。

读此诗，眼前浮现出陶渊明“采菊东篱下，悠然见南山”的画面。柴门虽开，却无车马之喧；夕阳西下，炊烟袅袅。原来，这就是传说中的桃花源啊！我一直坚信，无论是东晋之陶渊明还是清代之方拱乾，在他们写这两首诗时想必生活中也充斥着烦恼。这烦恼可能是权势的威逼，或者是经济的窘迫，又或者是前路的迷茫，但即便如此，也不能妨碍诗人体味生活之闲适自由。无论生活如何不堪，我们都要善待自己，并从中找到希望的“桃花源”。

旧　　鹤[①]

老鹤迎人作意鸣，三年前是一般声。
别来何物不经变，知尔于人无所争。
旧侣分飞怜独立，故交相遇倍多情。
卫廷岂少乘轩辈[②]，谁卧长松梦玉京[③]。

【注】

①自注：余旧畜，己亥赠吉旋，今犹无恙。

②乘轩，乘坐大夫的车子。《左传·闵公二年》：“卫懿公好鹤，鹤有乘轩者。”杜预注：“轩，大夫车。”后用以指做官。汉代刘向《说苑·善说》：“前虽有乘轩之赏，未为之动也。”南朝宋鲍照《拟古》诗之六：“不谓乘轩意，伏枥还至今。”宋代苏轼《次韵子由述怀四绝》之三：“两鹤摧颓病不言，年来相继亦乘轩。”

③玉京，这里指帝都。唐代孟郊《长安旅情》：“玉京十二楼，峨峨倚青翠。”《宣和遗事》后集：“玉京曾忆旧繁华，万里帝王家。”清代赵翼《因邸报秦楚蜀三省同时奏捷喜作凯歌》：“露布星驰到玉京，铙箫大凯溢欢声。”

【赏析】

这是一首托物言志的咏物诗。

首联、颔联诗人以鹤自喻，表明自己高洁忠贞的品格。老鹤即使身在低处，鸣叫声也能响彻云霄，与三年前的鸣叫声并无二致。三年里，世间万物都在变化，只有“老鹤”遗世独立，保持真心，与世无争地生活。首句中的“意鸣”，暗喻诗人虽然年老，但尚有一腔报国的热忱。

颈联诗人不再言鹤，从幕后走到台前，直接道出内心的苦闷。惨遭流放后，昔日的同僚四散离去，只剩诗人茕茕孑立，孤独无侣。漂泊的流人们，在这千里之外的边荒北镇，能够得遇故人，互诉衷肠，这是多么幸运又难能可贵的事情啊！当今朝廷当然不缺“乘轩”之辈，但谁能够在梦中依然牵系着朝廷和君王呢？从尾联一句可以看出，诗人迫切想要回到庙堂，为君王效命，但这种愿望似乎只能在梦里实现了。

为农（八首选一）

（其四）

闻说远城村，灌木俯清流。
不独网得鱼，且堪操小舟。
深夏草木齐，野花满林陬。
茅屋构怪石，川气绿光浮。
雨过溪月明，闲棹资冥搜①。
我欲觅巢居②，艰难愁路修③。
疲马未忍卖，留为信宿游④。

【注】

①闲棹，悠闲的船只。冥搜，寻访达到幽远之处。

②巢居，原始时代无居室，栖宿树上，称巢居。这里指居住之所。

③修，长。

④信宿，连宿两夜。诗人想要连续作两夜之游，可见这条溪流及其附近这片村庄风光之美。

【赏析】

本诗系咏距宁古塔稍远之处一条溪流的清秀风光。

“闻说”四句介绍了诗人出游的原因和目的。听说城外有一条风光秀丽小河，潺潺的流水声叮咚悦耳，河水抚过低矮的灌木向远方奔去。今天出游不求能够捕到鱼虾，只为乘着小舟享受漂流之乐。

“深夏”六句集中描写溪流周边的美景。盛夏时节草木葱郁，娇嫩的野花开遍山林，让人忍不住前去采摘；岸边的茅草屋由河边的怪石搭建而成，微雨过后溪流更加清澈，在月光的照拂下荡漾着绿色的波纹。如此美景，使诗人不愿归家，只想乘着小船悠闲地漂流，去寻访更幽远僻静之处。

诗尾四句写出诗人此次出游的遗憾。本想去寻觅山林中的隐居之所，但路远马疲，诗人只好作罢，期待来日再来赏游。

这是一首单纯的写景诗，重在表现诗人游赏时心境的变化。诗人一开始满怀期待，刻意探幽寻胜。结果却因人困马乏，只得败兴而返。从兴致勃勃、满怀期待到体力不支、遗憾而归，这种情绪的转折变化颇具真实感。“行到水穷处，坐看云起时”，出游如此，人生又何尝不是呢？当发现前方是一条走不通的绝路时，不妨回头，稍作休整，或许你很快就能迎来“柳暗花明”。

郊行（其一）

群山环一水，分流争参差。
回抱即成村，耦处不相知①。
儿童喜客来，牵马问何之？
溪深路多泥，指点山西头。

【注】

①耦为两人并耕之意，耦处则为双方同处一村。

【赏析】

本诗写于顺治十七年（1660年）五月初，系咏诗人离村出游时的情景。

前四句介绍诗人居所的地理位置和自然风光。虽处边塞，但诗人居住的小村落却一片宁静祥和。群山环绕着溪流，潺潺的流水竞相奔流。“耦处不相知”，意为双方同处一村，却彼此不认识，说明此地人烟稀少。

颈联诗人讲述了一段出游路上遇到的趣事。好客的村童不知诗人是同乡，牵着马儿高兴地询问诗人从何处来，一个可爱的误会烘托出一片欢快恬淡的氛围。“儿童”两句正是从贺知章“儿童相见不相识，笑问客从何处来”衍化而出的，二者可谓各擅其妙。尾联儿童告诉“客人”前方泥多难行，并指明了去西山的道路。

全诗语言简洁朴素，风格清秀，对村落自然风光和儿童天真性格的描写细致入微，既表现了儿童的淳朴可爱、天真烂漫，也从侧面描写了村庄民风的质朴。

移得野芍药，花开盈砌[1]（二首选一）

宜晴麦秀好锄田[2]，芍药新移带雨妍[3]。
半霁半阴人意惬[4]，黄梅翻作养花天[5]。

【注】

①砌，台阶。盈砌表示芍药花之繁多、茂盛。此诗写于顺治十七年（1660年）五月。

②宜晴，这里指晴天。宜，合适，相称。麦秀，小麦抽穗开花。

③妍，美好。

④霁，晴天。雨止叫“霁”。人意惬，使人开心。

⑤黄梅，黄梅雨，即梅子黄熟时之雨。养花天，牡丹花开时，多有轻云微雨,谓之养花天。

【赏析】

这是一首闲适诗，表现出诗人虽身处边塞却悠然自适的乐观心态。

白云悠悠，小麦开始悠闲地抽穗开花，此时正是下田劳作的好时节。新移植的芍药花娇嫩欲滴，叶片上还带着晶莹的雨珠。半阴半晴的天气让人十分惬意，本该是阴雨连连的黄梅季节，而现在却已变成轻云微雨，真是适合养花的好天气。

“一花一世界”，不管是在艳阳高照的南方，还是在冰天雪地的边塞；不管是炙手可热的帝王宠臣，还是惨遭流放的罪犯流人，诗人都一如既往地爱花、种花。不要小看诗人的种花之举，这反映出的是诗人对生活的热爱和顽强的适应力。方拱乾被举家流放宁古塔时已经六十三岁了，这对平常人而言岂不是塌天之祸吗？而他却能悠然自得地在宁古塔种花，这是一种怎样的人生格局？不抱怨、不自弃，在认识到人生的真实面目后，依然热爱生活。其实，学习古人顽强生活、热爱生活的态度，也是我们学习古诗文重要的目的之一。

野　望

草色入新夏，江南二月山。
非时惊荏苒[①]，瞩目当跻攀[②]。
野旷青含烧[③]，川回绿映湾[④]。
遥看天尽处，犹有鸟飞还。

【注】

①非时，随时。荏苒，渐渐过去，多指时间而言。此句谓随时都会对时光之逝去而惊心。

②瞩目，注视。跻攀，登攀。

③烧（shào，读去声），泛指野火。

④回，迂回难行。

【赏析】

这首诗写于顺治十八年（1661年）六七月之交，是咏宁古塔野外初夏风光之作。

首联通过南北方风光之对比，感叹时光飞逝。当青草铺满荒原时，边塞已到了初夏时节，如此景致应该与江南二月的春色相似。领联写时光不停地流逝，真是让人惊心啊。既然时不我待，我们就应该像攀登山峰那样奋力向前、自强不息。

颈联写草木之变化，叹气候之无常。无边无际的旷野，远远望去，满目青翠的野草中还夹杂着尚未复苏的枯草；连绵起伏的山峦倒映在迂回曲折的河湾里。尾联写遥望天际，竟然还有鸟儿飞回。“犹有鸟飞还”，候鸟回归象征春天到来，而初夏时节竟然还有鸟飞回，再次说明边塞春季短暂，气候无常。

“非时惊荏苒”，此句与孔子的“逝者如斯夫，不舍昼夜”的含义相同，皆是感叹时光流逝之无情。“少年不识愁滋味”，年轻时，总觉得时间过得太慢，余生还有大把的时间可以尽情挥霍。时光转瞬即逝，步入中年后才开始深切体会时不我待的焦虑。怎样化解这种焦虑呢？六十多岁的方拱乾给了我们答案：“瞩目当跻攀”，不管你年龄几何，都应该像攀登山峰那样努力向前。一位花甲之年的流放老人，依然有如此奋斗进取之心，作为年轻人的我们，当勉励。

晚 步 溪 上

边寒何地不惊秋？秋到平溪秋更幽①。
波动欲翻明月上，云轻还为夕阳留。
带禽马返荒城柝，脱饵鱼依断岸舟②。
客鬓久忘霜雪换，三年一水抵沧洲③。

【注】

①幽，沉静。

②脱，摆脱。饵，钓鱼时引鱼上钩的食物。断岸，壁立的崖岸。断，有“齐”的意思，这里形容山势峭立的样子。

③沧洲，滨水的地方，古代指隐者所居。

【赏析】

此诗咏秋夜溪上(即海浪河)的恬淡风光及隐居的喜悦心情，写于顺治十八年（1661年）闰七月。

首联以发问开端，谁说边塞没有迷人的秋光？秋天到了海浪河上才显得更加幽静清爽。接下来，诗人从动、静两方面，细致入微地描摹了海浪河的秋色。秋风吹皱溪面泛起层层波澜，朵朵白云似乎要被秋风冲散，但为了陪伴夕阳还是努力停留下来。夕阳西下，刚刚脱饵的鱼漫游在绝壁之下，荒寂的小城传来了更柝之声，猎人们打获飞禽骑马归来。

尾联诗人不失风趣地自我调侃：客居边塞三年，尽管头生白发，可自己似乎忘记了衰老，那就把这一溪清水当作隐居之地吧。

全诗描写了边塞溪上秋景的沉静秀丽，表现出诗人对边塞生活的满足。结尾诗人自诩为“隐者”，认为自己并非在流放，而是像古代先贤那样隐居林下，此种说法尽显诗人的达观洒脱、乐观豪气。

生活是一把双刃剑，一面是苦难，一面是历练，关键是看你的胸怀和态度。我们要像方拱乾、关汉卿那样，不惧怕生活馈赠的任何苦难和挑战，做一粒“蒸不烂、煮不熟、捶不扁、炒不爆、响当当的铜豌豆”，乐观地、坚强地活下去。

辛丑十月十八日得召还信[①]（四首选一）

（其一）

驿骑传何语，生还竟是真。
犹疑平日梦，难信醒时身。
掐臂却知痛，欢颜转讶人。
喜狂心倍苦，不觉泪沾巾。

（选自《甦庵集》辛丑年）

【注】

①辛丑，即顺治十八年（1661年）。

【赏析】

这首诗形象地描绘了诗人得到赦免消息时，悲喜交集的情形。

此诗是一幅喜、梦、悲、泪四字组成的画面。

首联是“喜”。驿卒传来被赦免的消息，今生活着回家的梦想竟然变成了现实。领联是“梦”，这几年流放的日子就像个梦，现在突然醒了却依然感觉身在梦中。颈联是“悲”，诗人不敢相信眼前的一切，掐了一下胳膊，才发现并非梦境。他立即转身满脸欢喜地招呼驿卒。尾联是“泪”，一时的高兴反而勾起心中无限的苦楚，悲喜交集之下，诗人流下了激动的泪水。

多少个苦难的日子，随着这一场痛哭都烟消云散了。方拱乾是幸运的，但像他这样得到赦免南归的流人毕竟是少数。更多的人，则是默默地、永远地留在了这个地方。整个清代，东北流人总数达 150 万以上，仅在清初顺治年间，就有数千人被流放到东北地区，而这些人大多数来自江南。在宁古塔的旧城与新城，也就是今天的黑龙江省海林市和宁安市，汉族姓氏的居民比东北任何一个地方都多，其中郑、吕、朱、陈四大姓都是清代不同时期流人的后代。

时至今日，当那些苦难已随风而逝，我们再次凝望宁古塔，流人们带来的灿烂文化已和东北黑土地上的文明深深融合，不断创造着新的历史奇迹。

别张稚恭①

眼见前期迴不悲，暂别亦复感临歧②。
马驰三夜冰间路③，怀出群峰画里诗④。
交到穷荒追古穆，笔经患难益神奇。
平山二水真堪似⑤，迟尔春风共眺时。

（选自《甦庵集》辛丑年）

【注】

①张稚恭，即张恂，他平生与方拱乾交谊甚笃。

②临歧，到岔路之处，指惜别。

③原注："稚恭自威远堡星驰就余。"威远堡，在开原东北、尚阳堡正北，亦是清初流人集中之地。

④原注："为我作《南山种花图》。"

⑤平山，原注："广陵稚恭居。"广陵，即扬州。张恂原籍陕西，因父祖为盐商，久住杨州，恂本人生平中亦居扬州最久。故《扬州府志》及《江南通志》中在《人物志·流寓》栏里载其事迹，称"屠江都（即扬州）最久"。二水，原注："白门余居。"白门，指南京。

【赏析】

这是一首读来令人泣下的送别诗。

诗人遇赦即将南返，挚友张稚恭驰马来见，离别之时，诗人挥泪写下此篇。本诗全篇皆是朴实无华却感人至深的送别之语。本来觉得离别之期尚早，觉得不必太过悲伤。但今日站在离别的岔路口，还是忍不住泪洒衣裳。感谢你从威远堡驰奔三天三夜来看我，更感谢你当年为我作《南山种花图》。人生经历过苦难，创作才越发清奇，流放到边塞才知道友情之可贵。

尾联是诗人对友人的美好祝福。扬州和南京两地毗邻，等待来日，我们一起酌酒痛饮，遥望家乡。言下之意，诗人希望友人也能够遇赦归乡。

"树倒猢狲散，墙倒众人推"，世态炎凉之时，我们经常会用这两句话聊以自慰。但在黑龙江流人这里，却到处充盈着友情之光。为了见方拱乾，张稚恭驰奔三天三夜前来相见；高含章是李呈祥的同学，生活本就潦倒不堪，当听说李呈祥被流放，便戴着破帽从自己的家乡“万里相寻”，相聚之后没有美味佳肴，只能“咬菜根”；蔡毓荣被流放，何世澄全程护送随行，抵达戍所后陪蔡同住两年后才南返。人们常言：“患难见真情”，苦难压不垮的友情真的是堪比金坚啊！在被驱遣辱骂的流放岁月里，这些友情如同希望之光，照耀了流人们黯淡无光的前路。

将别宁古塔书茅屋壁

莫言万里无人境，兀兀三年认作家①。
瓮牖光微闲画字②，菜畦土润手栽花。
听残比户嘶风马③，数尽南云绕树鸦。
宋玉宅同王粲井④，长留名姓在天涯。

（选自《甦庵集》辛丑年）

【注】

①兀兀，勤勉不止的样子。

②瓮牖（wèng yǒu），用破瓮做窗户，指贫穷简陋的房舍。

③比户，邻屋。风马，神马。嘶风马，比喻房舍残破风吹作响之声。

④宋玉，战国时楚国辞赋家，或说是屈原弟子，曾事顷襄王。主要作品有《九辩》，叙述其政治上的不得志与悲哀，充满感伤孤寂色彩。王粲（177—217），东汉末年文学家，字仲宣，山阳高平（今属山东）人，“建安七子”之一。因京城战乱，曾赴荆州依刘表，偶登当阳县（今属湖北）城楼，作《登楼赋》，表达了其渴望改变纷浊的政局及施展才能的愿望。情辞激愤，具有浓厚的感伤思乡、怀才不遇的色彩。

【赏析】

这是诗人在即将离别宁古塔时，写在房屋墙壁上的一首诗。

首联是诗人的内心独白。不要说这里是万里无人烟的蛮荒之地，三年的辛勤经营，此处早已成为我的家。接下来诗人回忆了往日生活的点点滴滴。过去的日子欢乐与痛苦交织，既有写诗作画、养花种菜的闲适自得，也有听风打残窗、数尽寒鸦的孤独悲凉。结尾处诗人希望自己能跟宋玉和王粲那样，在历经苦难后得遇名主，搏个功成名就，留名后世。

这首诗充满了复杂的情感。一种情感是不舍。流放三年，从穷途末路到生活安稳，从身无片瓦到茅屋草舍，这里留下了诗人太多的汗水和血泪。另一种情感是豪情。尽管已年近古稀（作此诗时，方拱乾已66岁），但胸中豪情未灭，依然渴望能像宋玉、王粲那样得遇名主，留名后世。解读这首诗，人们心中是百感交集的，为流人们的屈辱而委屈，更为他们的倔强不屈而赞叹。

今日的宁古塔，已经成为著名的景点。但它不只是景点，更是一个时代的缩影。一群不幸之人来到极寒之地，在这里依旧活出了自己的价值，也活出了自己的样子。所谓智者不过如此。

方 孝 标

方孝标（1617—1697），初名玄成，因避康熙讳易为元成，号楼冈，又号钝斋，安徽桐城人。方拱乾长子。聪敏特异，擅长诗文。顺治六年（1649年），进士及第，选庶吉士，历任编修、检讨、修撰、侍读、侍讲学士等职。因受其弟章钺顺治丁酉南闱科场案牵连，于顺治十五年（1658年）十一月，被定罪流放宁古塔。在宁古塔凡二年余，不废咏吟，诗作甚多。居戍所三年，随父赦归。孝标南还后，历游滇、黔，归后据见闻及南明永历王朝史实，写成《滇黔纪闻》。方孝标诗作甚富，因遭到清廷厉禁，传世极少，有《钝斋文选》《光启堂文集》《钝斋诗选》等。

出塞送春归

是日立夏①，大人从车上以此命题②，余及二弟邵村、吴子汉槎、钱子德维同赋③。

出塞送春归，天心无是非④。
柳同官舍绿，马逐战场肥。
草木深兵气，关山壮客衣。
芳菲随地满，何异故园扉。

（选自《钝斋诗选》卷7）

【注】

①是日，即顺治十六年闰三月十五日（1659年5月5日）。

②大人，即孝标之父方拱乾。

③邵村，即方亨咸，字吉偶，号邵村。少负文名，多才多艺，工诗词绘画。顺治四年（1647年）进士，官获鹿县（今石家庄市鹿泉区）知县，擢刑部主事，后官至监察御史。受弟章钺顺治丁酉南闱科场案牵连，同父兄等一起被流放宁古塔。著有《塞外乐府》《邵村诗集》等。吴汉槎，即吴兆骞。钱德维，即钱威。

④天心，天帝之心，泛指大自然、自然界。

【赏析】

这是诗人在流放途中即将出山海关时即兴而作的一首诗歌。

“出塞送春归”一句本来有惜春送别的意味，但是诗人反其意而用之，认为自然不因人的遭遇而改变景象，应当顺应四季的变化。第二句“天心无是非”统领全诗，其意与荀子所说“天行有常，不为尧存，不为桀亡”一致。

颔联、颈联细致描摹了山海关春末的壮丽景色。驿馆里的柳树绿了，肥硕的战马正纵情奔腾；茂盛的草木，好似严阵以待的士兵，巍峨的山海关气势雄浑，令人振奋。尾联诗人颇为乐观地认为，边塞落英缤纷的春景和故乡繁华绚烂的春色没什么两样。此语足见诗人豁达的胸襟。

雪　归

扼边环木栅[①]，低户墐炊烟[②]。
空肃山容立，风回雪片悬。
栖鸦沾晚树[③]，归马瘦高天。
忽讶衡门近[④]，行吟忘路偏[⑤]。

【注】

①扼，据守。栅，栅栏。
②户，单扇门。一扇者为户，两扇者为门。墐（jìn），用泥土涂塞。
③此句是写夜晚的树上，栖息的乌鸦仿佛黏在其上。
④衡门，横木为门，比喻简陋的房屋。
⑤行吟，漫步歌吟。偏，僻远。

【赏析】

此诗作于顺治十六年（1659年）冬，写于宁古塔，咏归途雪景。

前三联皆写归途所见之景，形象地描绘了天寒地冻的边塞景象。宁古塔城周围环绕着木栅栏，低矮的茅屋升起袅袅炊烟，做晚饭的时间到了。远望山峰肃立，风吹雪片空悬，颔联中“肃”字说明风之厉，“片”字写出雪之大。乌鸦因为寒冷，在树上瑟瑟发抖，像是黏在那里；马儿因为太瘦反而显得更高了。颈联借乌鸦和瘦马所承受的寒冷和劳苦，反衬流人生活的艰苦难熬。尾联两句诗人将笔锋一转，颇为轻松地说：自己一路边行边吟，竟然忘记了路途之遥远，不知不觉间回到了家。家虽简陋，但毕竟是温暖休息的归宿。诗人乐观的精神为艰苦的生活增添了一丝快乐。

夕 归

落日迎山紫，人家逼水黄。
风沙回暮色[1]，烟火聚云光[2]。
一径柴桑里[3]，千年古战场。
心安何异土，朝夕自徜徉。

【注】

①回，旋转、环绕。暮色，傍晚时的天色。

②云光，云气的光辉。

③柴桑里，陶潜（陶渊明）弃官归隐故里柴桑，故柴桑里乃为故里之意。柴桑，借指晋代陶潜。

【赏析】

此诗写于顺治十六年（1659年）冬，咏诗人晚归时所见宁古塔的暮色景象。

第一句可以有两种理解，一是说落日照着山峰，山上一片紫色。二是说落日照着山峰，天空一片紫霞。第二句写有人家在水边居住，房屋和水面都笼罩在夕阳的光芒下。

领联在首联景物描写的基础上，加入了极富动感的意象。苍茫暮色之中，黄沙被大风卷起在空中快速旋转；袅袅炊烟散入空中，与霞光聚为一体。“回”字体现黄沙旋转的速度，“聚”字写出烟火与霞光的交融。两个动作一快一缓，使景物描写颇具生气。

颈联写诗人对景伤情而生发的感想。这里本是人们生活的家园，千年以来却一直是征战杀伐的战场。那么，身为流放之人，如何在这荒芜的边塞生活下去呢？诗人的回答是：“心安何异土，朝夕自徜徉。”只有心定神闲、顺其自然，才能自得其乐。

整首诗意境开阔，构思精妙，旷远中带着悠闲的基调。

得家书（二首选一）

无书日望有书来，书到踌躕未忍开[1]。
闻说故乡添丧乱，不知何处尚徘徊[2]。

家遥去住劳予梦，身败箕裘仗子才[3]。
但得汝曹安五亩[4]，穷边虽苦亦何猜[5]？

【注】

①踌躕，来回走动，喻犹豫不决。

②“闻说”句，这一年五月至七月，郑成功的抗清武装曾经大举攻入长江，取镇江，围南京，长江两岸抗清义师争相接应，清廷大震。由于方孝标之家属均寓居南京与扬州，因此说“添丧乱”。

③箕裘，谓克承父业。《礼记·学记》：“良冶之子，必学为裘；良弓之子，必学为箕。”此句谓自己身败（指获罪遣戍），继承父业，光大门户，全仗子侄之辈。

④汝曹，你辈。五亩，指五亩之田。

⑤穷边，边塞。

【赏析】

此诗写于顺治十六年（1659年），写诗人接到家书又不敢启视的复杂心情。

远在千里之外，家书就是诗人最热切的期盼。首联写诗人拿到家书想看又不敢打开的矛盾心理。诗人天天期盼家书的到来，可一朝拿到却不敢打开。因为家乡发生了战乱，亲戚们流离失所，诗人担心家书中所写的伤心事令他难以承受。

后两联写诗人对同族晚辈的殷殷嘱托和期待。他向晚辈感慨自己身在边塞，只有在梦中才能回到家乡，对家中事物实在是无能为力。他希望后生小辈能够继承家业、光耀门庭。若能得五亩田地耕种养家，生活安稳，这样他在边塞吃苦受累也安心了。殷殷嘱托，真情流露，表现出动乱年代人们身经离乱，渴望和平安定的愿望。

方 亨 咸

方亨咸（1620—1681），字吉偶，号邵村。安徽桐城人。方拱乾之次子。二十八岁中进士，历任丽水、获鹿县令，陕西道监察御史，于冤狱多所平反。顺治十六年（1659年）受丁酉南闱科场案牵连，与其父兄等，被遣戍至宁古塔。三年赦归。工诗文，善楷书，尤精山水画。有《楚粤使草》《怡亭杂记》《邵村诗集》《塞外乐府》等。

晓征之一

土屋冷难寐，趣装鸡再鸣。
践霜防马滑，残月照人行。
云卧断山脉，溪干落叶声。
感时因忆旧，迢递百忧生[①]。

【注】

①迢递，远貌，这里指征途遥远漫长。

【赏析】

本诗咏诗人晨起晓行时沿途所见和忆旧情怀。

首联交代诗人出行的时间。土屋寒冷，夜不能寐。公鸡刚刚打鸣，诗人便早早起床收拾行装。颔联、颈联描写诗人在路途中的所见、所感，为下联情感抒发渲染悲凉气氛。诗人骑马走在结霜的路面上，天冷路滑，马儿走得很慢。残月当空，为他照亮前行的路。山间一片云彩，匿于山后若隐若现；干涸的小溪上铺满了落叶，耳边传来风吹落叶的沙沙声。尾联诗人对景伤情，发出生活多艰的感叹。眼前景象令诗人百感交集，伤心过往涌上心头。诗人禁不住感叹：这漫长的道路还要走很久，这种凄苦无望的生活何时才能结束？

此诗以景托情，寓情于景，在情景交融中构成一种凄凉悲苦的意境，让人不忍卒读。

方膏茂

方膏茂（生卒年不详），字敦四，号寄山，安徽桐城人。方拱乾四子。为人“倜傥英俊，博极群书”，年二十三岁中举人。其父拱乾与兄孝标（玄成）、亨咸以顺治丁酉南闱科场案流徙宁古塔。顺治十六年（1659年），膏茂与其三兄育盛系次年出塞。顺治十八年（1661年）冬随父赦归。有《馀垒集》。

归　家

此身拼永别，那意得生还。
征骑才门外，喧声已户间。
心含他日泪，眼认去时颜。
啮臂知非梦①，今朝真入关。

【注】

①啮臂，咬臂出血，以示其真。

【赏析】

此诗系康熙元年（1662年）夏诗人遇赦抵家时所作，咏诗人与亲人相聚时惊喜交加的心态。

本以为这次出塞就和家人永远分开，再不能见面，没想到还能活着回来。首联的用词简单却很真实，表达诗人能够生还的庆幸心理。抵家的场景是快进式的，马车尚在门外，家中便热闹喧腾起来。往日的思念终于可以在今日化作激动幸福的泪水，诗人满含着热泪一一辨认亲人的容颜。

“啮臂知非梦，今朝真入关。”眼前的一幕太过美好，为了确认是现实而非梦境，诗人竟将手臂掐出了斑斑血迹，看来真的入关回家了。亲人重逢，胜过千言万语，一切都不必言说。

其实，生活中，最情深的话往往朴实无华。本诗不事雕琢，纯用白描，但感情却深沉动人，引人共鸣。

陈　志　纪

陈志纪（生卒年不详），字雁群，江苏泰州人。顺治十六年（1659年）进士，官编修。康熙十年（1671年）京畿一带发生旱灾，下诏求言。志纪独以翰林身份上疏，弹劾天下督抚贪婪不法状，请求皇帝严加“劝惩”（沈默《发幽录》）。终为忌者所中，以“越职言事”之罪，被遣戍宁古塔。居戍所期间甚贫，以医术维持生计。与吴兆骞“情致特深”。病危时曾嘱咐吴兆骞为其作“行状”，终卒于戍所。平生长于诗文，惜多散佚无存。

宁古塔春日杂兴（二首选一）

谪居关塞远，忽忽又春深。
雪气犹千嶂，花光失故林。
从人学射猎，驱马试讴吟。
宣室无由见①，虚悬待漏心②。

（选自《江苏诗征》卷25）

【注】

①宣室，汉代未央宫前部的正室。西汉政治家贾谊曾在这里被文帝召见，命为博士，迁中大夫。后为大臣所忌，被排挤出朝，为长沙王太傅。又迁梁怀王太傅。他一直盼望文帝重新召见起用他，未能如愿，在忧郁中死去，年仅三十三岁。

②待漏，文武百官清晨入朝，准备朝拜皇帝，称为待漏。漏，古代滴水计时的仪器。

【赏析】

首联即是大手笔：诗人介绍自己被贬谪遥远的边塞，荒凉又寂寞；又感慨时光飞逝，年复一年，时光难以倒流，整个场面铺陈宏阔，可见诗人笔力精到。颔联写春深时节的所感和所见：重峦叠嶂都笼罩在一片寒气中，而树林里的繁花已经凋谢、色彩不在。前两联无不给人以凄苦孤寂之感。

颈联稍有转折，诗人介绍自己通过学习骑射、打猎来排遣孤寂，也曾用策马、吟诗来慰藉凄苦。尾联两句达到全诗高潮，抒发了诗人期待重回朝廷得到任用的贤士情怀。让我们由衷敬佩诗人“怀玉不自赏，负才思报国”的心胸格局！

古语云：“穷则独善其身，达则兼济天下。”于流人而言，他们既非“穷”，又非“达”。他们身无长物、潦倒困顿，但心中仍怀有“位卑未敢忘忧国”的赤诚之心。

缪 士 毅

缪士毅（1657—1724），初名璜，字藩公。安徽天长人。顺治十六年（1659年）其父以事被遣戍沈阳，士毅以年幼得免。后父死，母黄氏相继改徙乌喇、宁古塔及瑷珲（今黑河市爱辉区）。士毅曾于康熙二十三年（1684年）、康熙五十九年（1720年）两次出塞省亲。第一次出塞达宁古塔，第二次出塞远抵瑷珲。时其母已卒。士毅至瑷珲，授徒庐墓以居，不久卒于此。

见　母

云天雪地冻江宽，何幸今生傍母看。
跪抚哀号疑梦里，严关鼓角夜漫漫①。

【注】

①严关，险要的关门。

【赏析】

此诗写诗人在宁古塔见到母亲时哀号欲绝的情景。写于康熙二十三年（1684年）十一月初一日。

开头两句以景托情，运用对比，写出诗人即将见母的欣喜。白雪茫茫，冰封万里，尽管天寒地冻，但即将见到母亲，诗人心中十分温暖。

后两句写母子重逢的感人场景。见到母亲，诗人跪地号哭，感觉像在梦中，这一刻盼得太久，来得太过艰辛。母子执手相看，泪雨连连，这一刻胜过千言万语。鼓角声声刺耳，长夜漫漫难眠。知道母亲在边塞受苦，诗人对此却无能为力，这怎么能不令人痛心疾首？

全诗无一“泪”字，读来却令人涕泗横流。

辞　母

白云才驻又南飞①，恨隐囊中甘旨稀②。
万里空留离子泪，一身惟拥敝裘衣③。

【注】

①“白云”句，比喻思亲。唐代狄仁杰赴任于并州，时其亲在洛阳。仁杰登太行，“南望白云孤飞，谓左右曰：‘吾亲所居，近此云下！’悲泣，伫立久之，候云移乃行”。（唐代刘肃《大唐新语》）

②囊，盛物的袋子。甘旨，美味。后来多用作奉养父母之词。

③敝裘衣，此指破旧之衣。

【赏析】

这首诗写宁古塔辞母的感人情景。写于康熙二十三年（1684年）十一月中旬。按：士毅由于“关引”所规定期限已到，不能在宁古塔多留，因此仅住十余日就被迫离去。

第一句便已令人泪下，诗人来看望母亲，只十几日就要分别，怎能不让人心痛！更让他悔恨自责的是，自己手中也没有丰厚的衣食留给母亲。不远万里来看望母亲，自己也只是身穿一身旧衣裳，能留下的空有一腔儿子的伤心泪。惨戚之状令人痛心。

诗人辞母南归，三十六年后再次入塞省亲，母亲却已不在人世。这种母亲受苦不能替，去世不能知的痛苦，真的令人肝肠寸断。为缅怀母亲，诗人在母亲墓前筑庐守孝，不久亦离世。

“大音希声，大爱无痕”。对缪士毅这两首诗歌，任何的解读都是苍白的。哎！一把辛酸泪啊！活在当下的我们，好好爱我们的双亲吧！

张　　贲

张贲（生卒年不详），字绣虎，号白云先生，晚年又号白云道人。浙江钱塘（今杭州市）人。明吏部尚书张翰之五世孙。少以能文名于世。十五岁去乡井，周游各地。受顺治十四年（1657年）北闱科场案牵连，拟戍尚阳堡，不知以何法斡旋得释。十二年后，不知何故，再次被遣戍宁古塔。居宁古塔三年，移家乌喇，不久卒于此。张贲承其家学，工于诗。有人认为其诗“朴浑自然，可以嗣风而续雅。五律尤能深涉杜津”，虽有溢美之处，但也不无道理。有《白云集》存在。

感　怀

华发萧萧可奈何，余生远渡白狼河①。
空山花落无人见，古墓碑荒乱石多。
洞口元狐朝曝日②，江头水豹夜吹波。
自是深山游鹿豕，白云深处觅樵柯。

（选自《白云集》卷15）

【注】

①白狼河，辽西大凌河。
②元狐，即玄狐、黑狐。

【赏析】

此诗咏诗人流放途中远渡白狼河时的所见所感。

首联第一句，便透出万般无奈。白发已悄然爬上发梢，可即便已经到了垂暮之年，依然还要承受流放之刑，去远渡那水流湍急的“白狼河”。颔联、颈联集中描写白狼河周围景象。寂静的山岭里默默凋落的花无人欣赏，古旧的墓地、杂乱的碑石七零八落地夹杂在碎石之中。身处幽寂的山谷，诗人内心不免有些压抑。但颈联诗人的情绪却变得舒缓平和。虽深山寂寞，但有颇具灵性的动物为伴，路上倒也不会寂寞。“元狐”“水豹”两个动态意象，为全诗增添了一丝热闹与暖意。尾联“觅樵柯”表明诗人抱有归隐山林、放荡山野之间的理想。

全诗用凝练细腻的语言，描写了白狼河畔的寂静孤僻，又暗含着诗人对坎坷命运的无奈。

莫　言

莫言穷塞苦，随俗即吾乡。
生啖鹿肝脆①，新舂稗谷香②。
柴门联楚蜀③，比屋接要荒④。
万里桑蓬志⑤，临风黯自伤。

（选自《白云集》卷14）

【注】

①啖（dàn），吃。

②稗，一种野草。

③“柴门”句，意思是邻居们都是来自不同省份的流人。

④要荒，要服与荒服之合称，即离王城外极远的地方。

⑤桑蓬志，即四方之志。古时男子出生，以桑木作弓，蓬草为矢，射天地四方，象征男儿应有志于四方。朱熹《次韵择之进贤道中漫成》诗（之二）：“岂知男子桑蓬志，万里东西不作难。”

【赏析】

这是一首劝人也是自劝的诗。此诗展现出诗人坚强乐观的性格。

首联就语出不凡，虽然身在塞外，但既来之，则安之，莫要抱怨边塞生活艰苦，要入乡随俗、随遇而安。颔联描写边塞地区有吃生肉、食稗谷的风俗，可以看出当地的野蛮落后。

后两联道出诗人虽乐观却又难免伤感的真实内心。同是天涯沦落人，邻居们都是来自不同省份的流人，因为种种罪行被遣戍到苍茫绝域之地。回想年少时立下的鸿鹄之志，而现在却被困在绝域，失去自由和希望，诗人只能对着秋风落叶暗自神伤。

全诗语言朴素简练，介绍了边塞生活的艰苦和落后。诗人的情感由一开始的自我安慰转变为后来壮志未酬的无奈，既有随遇而安的豁达，也有前途无望的伤悲。可谓真情流露，毫无掩饰做作之态。

松花江上渔灯

三月冰开夜①，渔灯照远汀。
天阴明积雪，风急乱流星。
网密潜难稳，鱼跳水欲腥。
江南乡思近，歌唱梦中听。

（选自《白云集》卷14）

【注】

①冰开，尤冰洋，冬去春来，冰封的江河化冻。冰开时夜间补鱼，所捕之鱼似为重

唇鱼。

【赏析】

此诗描写松花江冰开时渔民们一起捕鱼的夜景。

首联开篇点题。三月，封冻的江河纷纷开化，鱼跃江面。渔民们深夜出动，撒网捕鱼。夜幕下，渔灯交错，明晃晃地照耀着整个江面和远处的小沙丘。颔联用“天阴”“积雪”“风急”三个意象，写出了渔民捕鱼时天气的寒冷。虽然天寒风急，但是渔民们毫不畏惧，依旧热火朝天地撒网、捕鱼。

颈联从视觉、嗅觉两方面生动地描述了渔民捕鱼的画面。密密麻麻的鱼从渔网中跳起又潜回水中，几番搅动让江水变得腥臭起来。“鱼跳水欲腥”，“跳”字写出鱼的鲜活，“腥”字写出江水的浑浊，读来让人有身临其境之感。

尾联诗人睹物伤情，坦露埋藏心底的思乡之情。看到边塞人们热火朝天捕鱼的场面，诗人不由得联想到家乡人们的捕鱼画面，但诗人此时却不能归乡，只能在梦中吟唱家乡的歌谣。

此诗充满动态之美，热闹中掺杂一丝思乡的凄清气息，使诗歌颇具张力。

九日同友人松花江上登高①（二首选一）

（其一）

良时珍重胜游难②，绝塞登高好自宽。
万里云山天外尽，九州烟火望中看。
馀生潦倒还携酒，短发萧骚不着冠。
黄菊紫萸他日事③，莫怀乡国思无端。

（选自《白云集》卷15）

【注】

①九日，即农历九月初九，重阳节。

②胜游，快意的游览，或指胜地之游。

③黄菊，古代重阳节时亲朋相邀佩戴茱萸、登高、饮菊花酒，称为茱萸会。王维《九月九日忆山东兄弟》诗：“遥知兄弟登高处，遍插茱萸少一人。”黄菊紫萸，在这里指亲朋登高相会。

【赏析】

此诗写重阳节诗人与友人一起登高临远，畅谈心扉的往事。

首联开门见山，道出在重阳佳节，同友人一起登高游玩的机会不常有，所以要倍加珍惜。领联从大处落墨，由远及近，写登高所见。晴空万里，几朵白云飘浮空中，起伏的群山远远望去似乎已融入天际。诗人和友人登高远眺，祈祷能够看见家乡的烟火，却发现天高路远难寻觅，唯见晴空一鹤，天高云淡。

颈联“馀生潦倒还携酒，短发萧骚不着冠”两句，道出诗人心中积聚的苦闷和不甘。此生穷困潦倒，困于异域，只能靠饮酒来排解心中的苦痛。此联与杜甫登高诗“艰难苦恨繁霜鬓，潦倒新停浊酒杯”一句，有异曲同工之妙。

尾联表达了诗人困顿求通的愿望。虽然前路暗淡无光，但亲朋登高相会、共叙佳话的日子终会来临，就不必再无端地思乡怀人了。

全诗表达了重阳佳节诗人困于塞外不得与亲人团圆的苦闷，但是最后情感转悲为喜，相信把酒言欢，快意人生的好日子就在“他日”。

“独在异乡为异客，每逢佳节倍思亲。遥知兄弟登高处，遍插茱萸少一人。”王维的《九月九日忆山东兄弟》成为重阳节诗词里最脍炙人口的一首。人们强烈地感受到了它的力量，这种力量源自它的高度概括。张贲的这首诗，是众多流人“重阳登高”诗的代表，他记录了流人们在每个重阳节的情绪转变历程。与思乡怀亲的情绪想比，重阳节在流人笔下流淌出更多的是对自我坎坷命运的感伤。“自我尚无主，何以谈家乡”。对前途命运的焦虑和迷茫是流人思乡情怀的根源。

“古道西风瘦马。夕阳西下，断肠人在天涯。”已是断肠人，身在天涯，莫谈重阳！

五月十三日赛会

奔走同羌貊①，喧阗汉将祠②。
殊方咸虎拜③，绝塞有龙旗④。
百折功难就，千秋志可师。
投荒惭未死，俯仰泪如丝。

【注】

①奔走，急走，指为某事而奔忙。此句谓宁古塔人民，像羌、貊等族人民敬神那

样，为关帝赛会事奔忙。羌，我国西部少数民族。貊，古称居于东北地区的民族。羌貊，泛指少数民族。

②喧阗，哄闹声。汉将祠，指关帝庙。赛会常用仪仗、箫鼓、杂戏迎神，称赛会。

③殊方，异域。咸，全部。虎拜，原指大将拜君为虎拜。

④绝塞，极远的边塞。龙旗，画有蛟龙图纹之旗。古代王侯作仪卫用。此处指拜关帝时所用之龙旗。

【赏析】

农历五月十三是三国名将关羽的生辰。每年农历五月十三，各地均有祭拜关帝庙的习俗，此诗记录的是宁古塔地区人们的祭奠仪式。

首联描写赛会盛大喧闹的场面。不同民族的人们不约而同地来到关帝庙，庙内人声鼎沸，熙熙攘攘，众人相约一起祭拜关圣大帝。“奔走”“喧阗”两词，从视觉和听觉写出赛会的人山人海和锣鼓喧天。接下来诗人用极为细致的笔墨描写民众祭拜的场面。赛会上，画有蛟龙图纹的龙旗迎风飘扬，威严而肃穆。在阵阵箫鼓声里民众们表情庄重，集体“虎”拜关帝。“虎拜”本是大将拜君时的动作，用在此处彰显民众祭拜关羽的虔诚之心。

颈联语出不凡，写出了诗人对关羽的评价。尽管恢复汉室的大业未能实现，但关将军百折不挠、为蜀效忠的忠贞气节值得后世效法。看到关羽如此受后世尊崇和祭拜，诗人想到自己被贬谪到边塞，此生仕途断绝，建功无望，顿觉无限凄凉，不由得泪如雨下。

为寻兄千里走单骑，为护嫂过五关斩六将，为护国斩颜良诛文丑，为报恩华容道义释曹操。《三国演义》把关羽身上的“忠”写得淋漓尽致，引得历朝历代的国人崇拜之、效法之，或封神立庙，或塑像建祠，关羽在人们心中的地位堪比神灵。

其实，对于关羽，我们应该公正客观地看待和评价。《三国志》作者陈寿对关羽的评价是：“万人之敌，为世虎臣”。陈寿的评价并未提及忠义，主要是赞其“勇”。关羽死后谥“壮缪”，“壮”是对其勇诚的嘉许，“缪”多认为通“穆”，武功不成为之“穆”。（“缪”，《谥法解》：“名与实爽曰缪。”）可见，三国同时期人们对关羽的评价与陈寿的基本一致。

关羽对蜀汉居功至伟，但他犯下的过错也是显而易见的。丢荆州；断送了蜀国统一天下的机会；刚愎自用不听规劝，断送了自己和军士的性命。

“是亦彼也，彼亦是也。彼亦一是非，此亦一是非。”（《庄子·内篇》）身处新时代，我们应该更加客观、公正地看待关羽，而不是人云亦云，随波逐流。但有一点必须承认，关羽的忠与义，当为万世传承之可贵品质。

拟古边庭四时怨[①]

（一）

冰开三月草初黄，野烧连天接大荒[②]。
不信江南春已暮，流莺宛转到垂杨[③]。

（二）

山坳积雪下阴沟[④]，泻入松花江水流[⑤]。
塞外不知《高士传》[⑥]，寻常五月有披裘[⑦]。

（三）

金风常带雪花飞[⑧]，日暮将军校猎归[⑨]。
麦浪正翻收未得，漫天野鹿喜初肥。

（四）

朔气横空惨不休[⑩]，千秋悔恨是封侯[⑪]。
无端筚篥中宵起，更有征人上戍楼[⑫]。

【注】

①《古边庭四时怨》，乐府诗。前代多有和者，如唐代卢汝弼就有《和李秀才边庭四时怨》。本诗是模拟该诗之作，从春、夏、秋、冬四时，分写边塞之荒寒与征人之苦辛。

②野烧（shào，读去声），指焚烧原野宿草之火。大荒，泛指辽阔的原野或边远的地方。

③流莺，莺鸟。流，谓其鸣声婉转。

④坳，低洼积水处。阴沟，本指地下水道，这里指山下水沟。

⑤松花江，系黑龙江最大支流。源于吉林省长白山天池，至黑龙江省同江市入黑龙江。

⑥《高土传》，书名。晋代皇甫谧撰。共载古代高隐之士九十六人。

⑦披裘，《高士传》内有披裘公传，言其夏季五月披裘打柴，不拾道路遗金事。

⑧金风，秋风。西方为秋而主金，故称金风。

⑨校（jiào）猎，用木栏遮阻，猎取禽兽。

⑩朔气，寒气。

⑪“千秋”句，《后汉书·班超传》载班超少有大志，尝投笔从戎，在西域立大功，封定远侯。在外三十余年，回到京城洛阳时已七十一岁，不久便去世了，所以诗人说：“千秋悔恨是封侯。”

⑫征人，此指出征之人。戍楼，边防驻军的瞭望楼。

【赏析】

边庭四时怨，即对于边塞四季发出的愁怨。

第一首写“春”之怨。已是早春三月，但边塞仍是枯草一片，映入眼帘的是空旷萧瑟而又寒气袭人的茫茫荒原。而此时的江南早已是春光盎然，莺鸣杨柳。

第二首和第三首写“夏秋”之怨。夏季来临，山坳积雪开始融化，汇聚成溪流缓缓泻入松花江中。但夏季依然寒凉，尽管人们未读过《高士传》，不知有披裘公五月披裘事，但到五月平时总有披裘之人。秋风夹杂着漫天的雪花，日暮时分将军带着打猎的队伍归来。风吹麦浪，还没到该收割的时候，而天空下成群的野鹿都已经长得很肥壮了。

第四首写“冬”之怨。隆冬时节，寒气袭人，如刀割一般，令人叫苦不迭。一将功成万骨枯，千百年来最让人痛悔的是莫过于从军封侯的志愿。不知何时，筚篥声响彻当空，值守的士兵冒着严寒又登上了戍楼。“更有征人上戍楼”，一个“更”字写出守边战士的辛苦，也暗示出戍守时间之久。

此诗虽拟题为《拟古边庭四时怨》，但并未传递出太多怨恨的情绪。诗中，有春季旷野的苍茫，雪化冰消江水流的温暖；有麦浪翻卷、野鹿初肥的喜悦；有春风夹雪、五月穿裘的感叹；也有朔气横空、胡笳悲鸣的愁怨。任何一首诗词的审美价值，是由多种艺术功能构成的。这首诗是多种情感和主题的融合，因此不能生硬地用“愁怨”尺度来衡量，它的艺术功能、艺术力量在于写景抒情。因此，此诗的意义并不消极。

夜宿观音阁

异域还孤往，中宵只独吟。
危岩高阁依①，绝塞万山深。
霜雪连春夏，尘沙自古今。
忘情狎鱼鸟②，飞跃起波心。

【注】

①危岩，高耸峥嵘的山岩。

②狎，亲近而不庄重。

【赏析】

本诗记录了一段诗人独自夜宿观音阁的经历。

首联说出诗人独自一人前往观音阁，于夜深人静时独赏观音阁。颔联、颈联分别从外界环境、历史积淀对观音阁进行了细致的描述。观音阁依靠悬崖峭壁而建，坐落在群山环绕之中，宛如一个只可远观、风姿绰约的仙子，绝美而独立。观音阁历经百年沧桑，正是因为有了时间的积淀而越显古色生香。这百年间，外部世界早已是沧海桑田，而观音阁里的一草一木似乎从不会被外界尘世所侵扰，依然是最本真的模样。尾联诗人借景抒怀，说自己尽情地徜徉在观音阁鱼跃鸟翔的仙境里，一时间心旌荡漾，竟忘了尘世。

全诗描写了观音阁的地势地貌，独特构造和遗世独立的气质。意境开阔，风景如画，给人以身临其境之感。观音阁，在历史的洪流中始终保持着最原始的样子，这一点于诗人而言，难道不是其内心的独白和自我激励吗？不管命运怎样坎坷跌宕，也不管环境怎样恶劣，自己永远是那个流放之前的、满怀壮志的少年郎。写遗世独立的“观音阁”，就是表“一片冰心”的自己。

初至辽左陈大心简①

投赠四首奉答其一

莽莽乾坤大，途穷我共君。
廿年成白首，万里堕青云②
绝塞怀明月，荒城慰夕曛③。
相看还健在，天意属斯文④。

（选自《白云集》卷14）

【注】

①陈大心简，即陈掖臣（陈易）。因其是陈名夏长子，故称陈大。
②“万里”句，指诗人被流放。青云，比喻隐逸。
③夕曛（xūn），落日的余光。
④属（zhǔ），专注。斯文，指儒者或文人。

【赏析】

这是诗人写给挚友陈心简的一首友情赠答诗。

首联诗人便发出无限感慨。天地茫茫无际，人世浮浮沉沉，没有想到，在这途穷的边塞有你我互相陪伴。颔联诗人感慨，友人虽刚满二十岁，但早已青丝变白发，千里流放的处境真的是艰难啊！它能摧毁人的意志，也能以最快的速度送走人的芳华。

颈联诗人不再悲伤，改用温情的话语劝慰友人。虽然你我皆遭流放，但即使身处塞外也能受到月光抚照；再荒凉寂静的小城也有被落日的余光铺满的时候。“相看还健在，天意属斯文。”虽然我们被遣戍流放，但我们还健康地活着，看来上天还是关照我们的。

读清代流人的友情赠答诗，每每令人泣下。身处异域，他们彼此相偎取暖；生而多艰，他们写诗彼此激励。那些坚不可摧的友情让身处当世的我心生恍惚进而心生叩问：天地间，真的有如此历久弥坚的情义吗？“莽莽乾坤大，途穷我共君。”你我荣辱、共同进退，在这绝域茫茫的边疆之地，友情足以慰藉一颗“苍凉”的心。纵苍天弃我，而我却因你越挫越强。

宁公台杂诗[①]（二十二首选一）

木寨群山拱[②]，千家草屋同。
衣冠都朴野，天地自洪濛[③]。
候雁秋俱尽，寒花春未红。
随时占物色[④]，遮莫叹途穷[⑤]。

（选自《白云集》卷14）

【注】

①宁公台，即宁古塔。

②木寨，即宁古塔城周围的木栅。方拱乾《绝域纪略》：“（宁古塔）无疆界，无城郭，枕河而居，树短柴栅，环三里，辟四门，而命之曰城。”

③洪濛，即鸿濛，旧谓宇宙形成前的混沌状态。

④占，视，观察。

⑤遮莫，莫要。

【赏析】

这是一首介绍宁古塔风貌及民风的写景诗。

前四句介绍宁古塔周边的地貌及民风。作为疆界标识的木栅栏绕宁古塔一周，远处群山起伏，星星点点的草屋隐没在雾霭中。当地居民还保留着最原始的生活状态，衣食简单，穿着素朴。“朴野”“洪濛”皆表现出当地生活状态的古朴。

后四句写宁古塔异常气候及诗人感想。秋天尚未结束，大雁早已飞往南方；春天早就来临，但花草尚未有发芽的迹象。虽然边塞环境险恶，但也不要一味抱怨前途无望，还是“有花堪折直须折”，尽情地欣赏这来之不易的美景吧。尾联是诗人的自我激励之语，无奈中透着坚韧，消极处亦不失旷达。

杨　　宾

杨宾（1650—1720），字可师，号大瓢、耕夫，山阴人。生于顺治七年（1650年），卒于康熙五十九年（1720年）。少聪慧，八岁能擘窠（bò kē）书。及长，工诗古文，不乐仕进。年十三时，父杨越以“通海案”被遣戍宁古塔，因此杨宾终生不仕。父殁，例不归葬，宾走京师，日哀诉于当道，因得迎母奉父柩归。康熙十七年（1678年）侨寓吴门，巡抚举应“博学鸿儒”科，力辞去。杨宾侍父戍所时，习其地理沿革，出川道里、风土人情，著《柳边纪略》，为世所称。另著有《塞外诗》三卷、《大瓢偶笔》八卷、《杂文》一卷及《力耕堂诗稿》等。

老边道中①

老边墙外草萧萧，千里风烟合大辽②。
保障人犹看旧制③，提封谁复记前朝④。
经过妇女多骑马，游戏儿童解射雕。
自笑书生行未惯，黄沙扑面已魂销⑤。

（选自《柳边纪略》卷5）

【注】

①老边，指明代辽东边墙。
②大辽，全辽，指辽东之地。
③保障，同堡障，小土城。
④提封，指管辖的疆界。
⑤魂销，即销魂，为情所感，若魂魄离散。

【赏析】

此诗咏明代辽东边城的民风民情。

首联的景物描写颇有气势。边墙内外秋风萧瑟，草木摇落，放眼望去，一派大漠烽烟之景，其风土样貌和整个辽东地区并无二致。接着诗人讲述了此地居民的生活风貌：人们看的依然是早已废弃的旧制，妇女们皆善骑马，孩子们玩的是射雕的游戏，一切都是原始古朴的样子，只有残破的疆界在提醒着人们前朝的往事。颔联的“看旧制”“记前朝”，写出辽东地区地处偏远，中央管辖的落后。尾联诗人自嘲瘦削体弱、老而无用，黄沙扑面就已经吓得魂魄离散了。

“经过妇女多骑马，游戏儿童解射雕”，妇女骑马，儿童射雕，在清代东北这块神奇的土地上，真的没有那么多男尊女卑的理教约束。这里的女人们不像受封建思想钳制的“大门不出、二门不迈”的汉族女子，自由散漫的游牧生活，培养了她们勇猛、善斗、坚强、豪放的性格。回到现代，东北女孩的豪爽也是众人皆知的。在东北，“女人能顶半边天”绝不是一句口号。有时候常想，今天东北人的豪爽、好客、重友情、讲义气，一定与流放者们的精神遗留有某种关联。

流放，创造了一个味道浓厚的精神世界，使我们得惠至今。

宁古塔杂诗（二十首选一）

（之一）

石磯围平野[1]，河流抱浅沙。
土城惟半壁，茅屋有千家。
泣月天边雁，悲风塞上笳。
老亲忠信在，不减住中华[2]。

（选自《柳边纪略》卷5）

【注】

①石磯（jī），连绵不断的山石。

②不减，犹不亚于，无异于。

【赏析】

这首诗歌颂其父杨越在宁古塔做出的贡献。

前四句为我们勾勒出一幅宁古塔原始风貌图。连绵不断的山石围绕着平原，弯弯曲曲的河流环绕着浅滩缓缓流淌。整个宁古塔城有一半的民居是泥土做成的土房子，茅草屋散落密布约有千家之多。

后四句诗人睹物伤情，表达了对父亲的无限追思。天边大雁对着明月哀鸣，呼啸的寒风里裹挟着令人哀伤的胡笳之声。可惜父亲已经不在了，不然这里的景象一定不输关内平原。

全诗通过描绘宁古塔山川风貌及居住条件，歌颂了父亲为改善宁古塔生存环境所做出的贡献，也表达了对逝去父亲的追忆和深深敬意。

杨 锡 恒

杨锡恒（生卒年不详）。字涵贞，号查岑。祖籍江南华亭(今上海市松江区)。杨瑄次子。康熙四十四年（1705年）举人。康熙四十八年（1709年）进士，官内阁中书。性至孝，不就选，两次侍父谪戍。杨瑄卒于瑷珲后，方归还故里。其诗对于研究雍正年间瑷珲地区的民俗与科技史，颇有史料价值。有《生还草》《冰天草》《听雨轩诗文集》等。

代酬宗室巴公惠香木杖[①]

荷君拄杖殷勤赠[②]，怜我残年老病侵。
入手顿教夸矍铄[③]，扶行喜不废登临。
制看从朴弥征雅[④]，质本含香更觉深。
只恐葛陂龙欲化[⑤]，仙家神物杳难寻。

（选自《国朝松江诗钞》卷27）

【注】

①宗室巴公，身世不详。惠，赠，赐。

②殷勤，情意恳切。

③矍（jué）铄，年老而勇健。

④制，指木杖的形制。征，证验。这里意为显现，表现。

⑤葛陂，地名，在今河南新蔡县北。《后汉书》卷82下《方术列传》载称，汝南人费长房求道得一杖，乘杖归家，投杖于葛陂中，杖化为龙。

【赏析】

这是杨锡恒代其父杨瑄感谢巴公赠香木手杖之诗。

诗歌一开始便道出了诗人对巴公赠杖的感激之情。巴公怜惜诗人父亲年老多病，特意制作了香木手杖相赠，其拳拳盛意令诗人感动。接下来写了父亲对香木手杖的爱不释手。有了手杖，父亲行走方便了，也不必再为出门远行、登山临水而愁苦了。巴公赠杖，诗人写诗酬谢，反映出边疆地区满汉相处的情谊深厚。

颈联从香木手杖的形制、气味来描写，体现的是香木手杖的形制质朴雅致，气味幽香深远。赞扬手杖其实就是从侧面赞扬巴公的行为高雅、古道热肠。

诗尾一句令人忍俊不禁，诗人借用葛陂化龙的典故，害怕香木手杖会化为龙飞走，又担心这个手杖是仙家圣物，会在哪天突然消失不见。若果真如此，那么这么精美的手杖，便无处找寻了。诗尾这段颇具想象力的风趣表述，既暗示了巴公制杖手艺的高超精湛，又体现出诗人的善于言辞和率真可爱。

塞外草花甚繁多不能名今就习见三种各咏一律（其一）

马兰花[①]

谁署佳名作马兰？不殊南国紫罗兰[②]。
态轻疑舞花房蝶，色艳深回紫诰鸾[③]。
天水碧衣风外举，唾花绀袖雨余看[④]。
娇姿只向边沙老[⑤]，谁与移根到上阑[⑥]？

（选自《国朝松江诗钞》卷27）

【注】

①马兰花，原注："花色并同高良薑，但差小，而色较深。"《奉天通志》卷110载："马兰，似蒲而小，花蓝无香，可染色，根可为刷。……按《畿辅通志》：马蹄兰生草间……塞外犹多。则马兰乃马蹄兰之省。"高良薑，草名，姜种，夏秋开花，花淡红色，有紫色条纹，产于两广云贵等地。

②紫罗兰，原注："高良薑别名"。南国，南方。

③紫诰，皇帝的诏令。诏书以锦囊盛，紫泥封口，加印章，故名紫诰。鸾（luán），传说中凤凰一类的鸟，多为青色。

④绀（gàn），天青色。

⑤边沙，荒远的沙漠。

⑥上阑，即上兰观，汉代宫观名，在皇家园林上林苑中；故址在今陕西长安县西。汉代诸帝多在此打猎、行乐。

【赏析】

这首诗以欣悦之情绘声绘色地赞美了塞外野花马兰花，抒发了幽兰冷落的感慨。

首联从诗人的疑问开始，不知道是谁署名了马兰书这个名字，它的美丽完全不输给南方的紫罗兰。接着诗人从颜色、气味两方面，细致入微地描写马兰花的娇美。清凉的微风拂动马兰花的花瓣，花瓣随风摆动，姿态万千，好似翩翩起舞的姑娘。马兰花散发的阵阵幽香引得众多蝴蝶吸食花蜜，它们缓缓地落在鲜艳的花蕊上，那颤动的花蕊娇艳欲滴，深紫中夹杂着一丝淡淡的青色。

结尾诗人触目伤怀，以花喻人，抒发了无人欣赏的寂寞。如此清幽美丽的马兰花应该移植皇家园林的上林苑中，可是却孤零零地生长在无人问津的边塞之地，无人欣赏，独自凋零。

全诗表面是赞美马兰花气质高雅，同情马兰花的美丽无人赏识，实际上慨叹的是自己备受冷落、无人赏识的无奈。陈子昂的“岁华尽摇落，芳意竟何成”（陈子昂之《感遇》）与此诗的意境如出一辙。

马兰花，亦称马蔺、马莲(花、草)、、紫蓝草、兰花草等，又名蝴蝶花、蝴蝶兰。它没有牡丹的华贵，菊花的高洁，也没有梅花的坚韧。因为普通，所以鲜有诗人以此为题。宋代田园诗人高翥的《山行即事》，是少见的描写马兰花的好诗：

篮舆破晓入山家，独木桥低小径斜。屋角尽悬牛蒡菜，篱根多发马兰花。

主人一笑先呼酒，劝客三杯便当茶。我已经年无此乐，为怜身久在京华。

平凡而普通的马兰花，生长在篱笆的根部，竟与悬在屋角的牛蒡菜两两相望，令人心生悲戚。身处世事凡尘中的我们，谁不是一株孤独生长的马兰花。没有富豪的腰缠万贯，没有学者的满腹经纶，没有对手的积极进取，没有胜利者的恬淡安然，但，那又怎样，我就是我，永远是那簇不一样的烟火。

何 世 澄

何世澄（生卒年不详），字遇清，号是庵，上海松江人。顺治十七年（1660年）副榜，贡生。曾获云贵总督蔡毓荣赏识。康熙二十六年（1687年），毓荣因事获罪，流放瑷珲，世澄从行。二十八年（1689年），为了参加二十九年（1690年）的会试，辞蔡先归，这时年已“五十将至矣”。工于诗，其外孙张用六谓为“直入开元堂奥”，是第一个居于黑龙江畔歌咏黑龙江的诗人。其子辑其诗为《片羽集》。

艾浑即景[①]

黑龙江畔霁云生，江水流冰无尽声[②]。
亭午鸡鸣同夜半[③]，不知身在大荒城[④]。

【注】

①艾浑，又名艾浒、艾河、瑷珲。治所在今黑河市爱辉区。
②流冰，即流凘、冰排。江河解冻时流动的冰块。
③亭午，正午。
④大荒，辽阔的原野或边远的地方。

【赏析】

本诗约写于康熙二十七年（1688年）春。通过黑龙江大江流水及中午鸡鸣的描绘，歌颂了新建不久的瑷珲城生机勃勃的动人景象。

从首句我们得知瑷珲城倚靠在黑龙江畔。雨后天晴的瑷珲城一片祥和，阳光从云朵中射出，江水上飘着冰块，人们能清晰地听到流水声和冰块的撞击声。这两句应该是从城上眺望的远景。三四句写中午听到的鸡叫声，和半夜的鸡叫声一样大。如此喧闹，让人感觉不像是处在蛮荒的边城。“亭午鸡鸣同夜半”从这句可以看出，此时新建的瑷珲城已人烟稠密。

此诗即景生情，虽场景简单，但眼光独到，气势不凡，表现了一种乐观从容的优雅气度。

卫 既 齐

卫既齐（1645—1700），山西猗氏（今临猗县）人，字伯严。康熙三年（1664年）进士，改庶吉士，官检讨。历署固安、永清、平谷知县，为官清廉，后任山东布政使。建历山书院，累迁贵州巡抚。康熙三十年（1691年）任贵州巡抚，次年因同意下属发兵镇压苗民反抗而多所杀戮，以“轻率用兵，致使无罪苗民被戮”“发兵之后又不能详察虚实，竟凭报文妄行奏捷”之罪，被议立斩。康熙三十二年（1693年）被宽免流放黑龙江，次年赦归。奉命承修永定河工，又治南河，督培高家堰，卒于工次。有《廉立堂文集》等。

闻 笳[①]

鸣笳何太急，清晓不堪闻。
暗堕霜林叶，寒生海塞云[②]。
牙旗开八阵[③]，铁骑啸千群。
盛世休忘武，登坛想冠军[④]。

【注】

①笳，笳管，又作胡笳、秋笳，古管乐器名。从西域传至，其声高亢悲凉，为一种军乐。

②海塞，指东海边塞，即黑龙江下游，包括滨海之地的广大地区。

③牙旗，杆上以象牙为饰的大旗，为大将所建。八阵，古代的八种兵阵。这里指八旗兵。

④登坛，指登坛拜将。冠军，指汉代名将霍去病。霍去病骁勇善战，年十八为侍中，曾经六次率兵出击匈奴，被封为冠军侯、骠骑将军。

【赏析】

本诗通过对塞外悲凉笳声的歌咏，抒发了盛世不忘武备的思想。

首联从听觉入手，写晨起所闻。悲凉而又急促的胡笳声，在秋天的清晨吹响，让思乡的流人不忍去听。“不堪”写出胡笳声的急促，侧面写出边防军队的训练有素和管理有方。颔联写景，为颈联蓄势。在飘落的秋叶和漫卷的寒云映衬下，驻守边塞的八旗将士举着牙旗纵马呼啸而过，看着这些雄姿英发的八旗将士，诗人不由得心生感叹：虽然现在是太平盛世，但一定要有忧患意识，不要忘记边防武备。希望有如汉代霍去病一样的英雄人物出现，保护国家的长治久安。

咏怀十首（其一）

（之九）

荒园蓬蒿长，晓露沾我衣。
野老荷锄至，解颜语依依[①]。

耕织肆微动[2]，庶免寒与饥。
远游良有愿[3]，途穷将安归。
仰视云中雁，知寒早南飞。

（选自《廉立堂文集》卷1）

【注】

①解颜，欢笑。
②肆，尽力、努力。微动，卑贱之劳动。
③远游，远游以消积忧之意。

【赏析】

这首诗歌咏了诗人一次普通的田园劳作经历。

开头四句依稀能看到陶渊明《归园田居》的影子。废弃的荒园里，蓬蒿已经长得很高了。诗人晨起下田劳作，不知不觉间晨露已打湿了衣袖。种地的老人扛着锄头赶过来，一边帮忙一边笑语盈盈地跟诗人交谈。

“耕织”六句写诗人在劳作间隙的所思所想。种田耕织虽然是低等的劳作，但却可以让人免除饥寒。虽然远游可以消除积聚在内心的愁怨，但身为朝廷遣戍的流人，又能去哪里畅游呢？抬头仰望在云中穿行的大雁，它们都知道飞往南方避寒，而我却不能像大雁一样自由自在，只能禁锢在这荒冷的边塞。想到此处，诗人不由得悲从中来。

此诗与陶渊明的《归园田居》境界颇似，却各尽其妙。两诗的相同之处在于，皆以朴素的白描手法描写田家事物，诗中都弥漫着忧伤情绪。两诗的不同之处在于，此诗更重生活温饱，情感低沉消极，而陶诗侧重躬耕之乐，情绪更加淡定从容。这当然与二人创作时的心态、经历、经济条件等息息相关。所以，读古诗，就是在认识和了解古人，解读他们诗作的过程，就是打开心扉与他们交朋友的过程。若有幸能有这样的知己相伴，真是人生的大幸运。因为他们会毫无保留地，用自己一生的苦难、欢喜、经验、泪水，告诉你生活的真面目，同时指导你战胜苦难、打开幸福生活的法门。

樊　　莹

樊莹（生卒年不详），字次白，号野渔。江苏仪征人。顺治十六年（1659年）其父以事牵累被遣戍松花江畔（为吉林乌喇——今吉林市），樊莹当时尚在襁褓。待至三十岁，由山东青莱渡海，抵金州，至戍所省亲，并奉其父还。但其庶母及诸弟妹未能同归，后又分别流徙宁古塔、黑龙江（瑷珲）、沈阳诸地。莹卒时八十五，卒年不详，约为乾隆初。善画，其画得宋元人笔意。亦工诗。有《师善堂稿》，附《出塞吟》。

离亲所三舍老父遣二弟来迎[1]

书到亲颜喜，迎儿遣弟来。
道旁趋问讯，下马各悲哀。
共语前山晚，相持并辔回。
来朝当此候，准拟拂尘埃[2]。

（选自《江苏诗征》卷29）

【注】

①亲所，父亲所居之处。近三舍九十里，舍，古长度单位，一舍为三十里。
②拂尘埃，指设宴慰劳远来之人。

【赏析】

这首诗描绘了诗人即将到达戍所前与二弟相见的欢喜场景。

首联写出了分离之人对彼此相见的渴望。接到诗人即将抵达的家书，父亲喜不自胜。诗人距居所尚有九十里，父亲便派二弟前来相迎。这种老夫盼子的舐犊之情令人心酸。

后六句写诗人与二弟的重逢，语言虽然平淡，却能深深地打动读者。诗人和二弟在道旁相遇，互相问候，下马相拥时眼中都含着泪花。兄弟两人并肩骑马而行，在夕阳下互诉衷肠。这一路走下去，到了明天此时，便可以和父亲一起开怀畅饮，叙谈家常了。

这首诗中，父子、兄弟之情可感可佩，兄弟相见叙谈的幸福可以慰藉一家人万里戍边的悲苦。

晚次松花江上即老父戍所[1]

今夕相逢预有期，穹庐倚望已多时[2]。
一声觱篥千山晚[3]，万里尘沙匹马迟。
意外悲欢今日事，梦中离别昔年思。
儿童未省来时貌，但见庞眉两鬓丝[4]。

（选自《江苏诗征》卷29）

【注】

①次，驻，停留。

②倚望，即倚闾而望，比喻父母盼望子女归来的急切心情。

③觱篥，即笳管、胡笳。

④庞眉，眉毛花白。

【赏析】

这首诗与上一首衔接，抒发了越万里关山与父欢聚的悲喜之情。

首联勾勒的这幅画，天下儿女皆能读懂。得知儿子今日抵达，父亲早就拄着拐杖、站在门外等候。“穹庐倚望”写出父亲对儿子的期盼，这种情感无须多言。夕阳西下，胡笳悲鸣，行走在路上的诗人内心满是自责，甚至埋怨起边塞的万里尘沙，正是尘沙的阻碍让他来得迟了。

接下来便是父子相逢的场面。父子相见，执手相看泪眼，这一幕终于从梦境走进了现实，此时的无言胜过千言万语。诗人没有见过父亲年轻时的模样（父亲流放时，诗人当时尚在襁褓），今日一见，父亲早已两鬓斑白，一头银发。

《大学》有言：“为人子，止于孝；为人父，止于慈。”前有缪士毅的《辞母》诗，现有樊莹的“见父”诗。两首诗歌皆用朴实无华的语言演绎出感人至深的人间真情。这种血浓于水的亲情虽平淡，却久远；虽无声，却有力。“内睦者，家道昌”（宋代李邦献《省心杂言》），多言无意，努力生活，好好爱父母。

秋　塞

大漠黄云合，惊风走髑髅①。
闺人劳远梦，战士重防秋②。
寒雁过沙碛③，斜阳上戍楼。
时平不忘武，较猎海西头④。

（选自《江苏诗征》卷29）

【注】

①大漠，指辽阔的边疆地区。髑髅（dú lóu），死人的头骨。这是昔日战争留下的残迹。

②防秋，古时北方至秋高马肥之时，往往有游牧少数民族入掠之事发生，故于此时边军需特意加强警卫，称为防秋。

③沙碛，即沙漠，指广远的东北地区。

④较猎，同校猎。海西头，大海以西之地，指清代吉林将军所辖之地，即黑龙江下游、乌苏里江流域的广大地区。

【赏析】

这是一首经典的边塞诗。诗歌描绘了边塞地区秋天的景色，反映了戍边战士的艰苦生活。

首联集中笔墨写景，视野宏阔，笔力刚健。“大漠”二字直言沙漠之广阔，漫无边际的沙漠绵绵延延，似乎与有天边的白云相接。狂风吹走流沙，原野露出层层枯骨。“惊风”写出风的气势和力度，也表现出人们的恐惧之感。

“闺人”六句既写了征人戍边的辛苦，又道出了诗人的激励之语。入秋时节，正是军士戍守边防的关键时期，远在家乡的妻子只能在梦中见到丈夫。夕阳笼罩边防城楼，大雁越过沙漠飞往南方。戍守塞外虽然辛苦，但诗人仍不忘劝慰军士们，要勤学苦练，时刻备战，待来日与敌人在“海西头”一较高下。

沙漠是荒凉的，战争是残酷的。为了和平与安定，戍边的将士献身边防，捍卫和平，这在任何时候都值得人们歌颂。

讷　尔　朴

讷尔朴（生卒年不详），号拙庵，满洲旗人，世袭一等男，曾以曹郎供奉中正殿。约康熙四十年(1701 年)左右，以事戍齐齐哈尔，他是卜奎城（今齐齐哈尔）接纳清朝流放到此地的第一位流人。他在卜奎流放的十三年里，性豪爽，善诗文。“居穷发之地十三年，吟诵弗辍”“时策蹇卫曳短车，荷锄出郭，移野卉数种莳阶下”。(《清稗类钞》)谪居期间，关心时事，不甘寂寞，尤与方登峄、方式济、方观承祖孙三人交谊颇深，彼此唱和，互相砥砺。其诗多直抒胸臆，真率感人。约在康熙五十九年(1720 年)奉诏还京供职。后来的文化流人将其诗作编辑成册，名曰《画沙集》，且由方登峄做序。方登峄在序言里称其“襟怀之浩落也”。

秋暮感怀

霜天已不耐羁愁[①]，衰草寒烟况倚楼 。
旅思千重凝暮霭[②]，乡心一片动江流。
芙蓉露冷金台梦，芦荻花残玉塞秋[③]。
憔悴不堪临水照[④]，萧萧白发欲盈头[⑤]。

【注】

①霜天，指深秋或秋季之天。羁愁，客居异地之愁。

②旅思（sì），旅途中的思绪。千重，千层。暮霭，日暮时的云气。

③“芙蓉”句，指被赦还朝无望。“芦荻”句，写栖息塞外的悲哀。金台，又名燕台，即黄金台。相传战国燕昭王筑台于此，置千金于台上，延请天下士，故名。玉塞，玉门关。芦荻，芦草与荻草。

④憔悴，瘦弱萎靡貌。

⑤萧萧：头发花白稀疏貌。

【赏析】

本诗是写诗人被遣戍的羁愁及赦归无望的感慨。

首联的写法与众不同，诗人运用拟人手法写深秋已经无法承受客居他乡的愁苦，更况且是斜倚城楼只见衰草寒烟这样的凄惨场面。这两句可以和柳永的“多情自古伤离别，更那堪，冷落清秋节”相媲美。

秋景最令人伤怀，也最能引起人的思乡之念，领联表达的正是这一情感。望着厚重团积的暮云，眼见奔流不息的江河，诗人思乡的情绪郁积胸中，久久不能散去。思乡之苦尚能忍受，可生而无望又该怎样承受？接下来的颈联中，诗人借用“金台梦”“芦荻花”两个典故，把自己比喻成枯萎衰败的野草，暗喻此生被赦无望。边塞生活的艰难，加上时时袭扰心头的绝望心情，折磨得诗人形容憔悴，甚至都不敢临水自照，因为满头白发仿佛也和这秋景一样萧索稀疏了。

这首诗总体上给人一种萧瑟荒凉之感，情景交融之中，融情于景，将个人身世之悲、抑郁不得志之苦融于悲凉的秋景之中，极尽沉郁顿挫之能事，使人读来，感伤之情喷涌而出，如火山爆发而一发不可收。

闲居诗（九首选一）

（之九）

稚柳新移槛外栽，一庭清影独徘徊。
僧迟白社谈禅药①，客罕元亭问字来②。
道树无花能结果，神珠非蚌自成胎。
希夷刊落聪明后③，夜半沈烟透冷灰。

【注】

①白社，即白莲花社，又作莲社。东晋释慧远于庐山东林寺，同慧永、慧持和刘遗民、雷次宗等结社精修念佛三昧，誓愿往生西方净土，又掘池植白莲，称白莲社。见晋无名氏《莲社高贤传》。谈禅，指谈论佛事。

②元亭，即玄亭，隐居的亭子。

③希夷，指无声无色，虚寂微妙之意。老子曰："视而不见，名曰夷；听之不闻，名曰希。"刊落，本指删除烦琐芜杂的文字。这里指排除。聪明，听觉、视觉灵敏。

【赏析】

这首闲居诗写得颇具禅理。

首联写诗人在门外移栽了一棵嫩柳，给院子增添了清凉，夜深人静之时诗人时常会在树下流连徘徊。如此高雅的景致，却少有僧人和友人前来与诗人谈论佛理雅趣。颔联的"僧迟白社""客罕元亭"，应理解为"白社僧迟""元亭客罕"，意为槛外既少僧人也无客人，表明诗人居处清幽雅静。

颈联颇具悟道参禅的意味。大道旁边的树不必开花也会结果，神灵的珠子不用从蚌里取出也能闪亮发光。此联的表面意是新柳即便无人欣赏，也终会傲然挺立、亭亭如盖；内在意是暗指诗人自己，即便备受冷落、无人赏识，也不妨碍其高洁自守、一身傲骨。

结尾两句表达一种"一切终将归于虚无"的感悟，"冷"字与第二句的"清"字对应，表达出一种孤寂冷清的感受。沈烟亦作"沉烟"，指点燃的沉香。

佛理在一般人的印象中，晦涩抽象，难懂，不仅得悟者少，而且表达亦不易。讷尔朴的这首诗歌把抽象的佛理妙用于心，情感沉郁，意境优美，表达出甘于淡泊、不与人争的思想，颇具王维田园禅理诗的底蕴。

古代儒家文人，常怀古仁人之心，许多人生哲理在他们的文字里自然流露，值得后人细细品味。

连雨次答方问亭[1]

无端霪雨经旬阻[2]，倍觉凄清到客居。
径碧痕犹残藓在，茵红香渐落花如。
蓄鲜罢剪园中韭，防湿闲移枕畔书。
瀹茗濡毫都不耐[3]，课童屋角种新蔬[4]。

（选自《熙朝雅颂集》卷32）

【注】

①方问亭，即方观承。
②霪（yín）雨，久雨。
③瀹（yuè）茗，烹茶。濡毫，以笔蘸墨，指写作。
④课，指导、教授。

【赏析】

这是一首描写平淡生活的闲适小诗。

首联、颔联写连续十多天的连绵阴雨，使客居他乡的人心烦意乱，备感凄苦。为排解烦忧，诗人踱步院外，赏雨中景色。小路上一片碧绿的苔藓已经被雨水打残，凋零的花朵铺满地面，散发出阵阵香气。

颈联、尾联介绍了诗人赏雨归来后琐碎小事。为了让韭菜长得更茂盛，诗人没有去剪韭菜；担心枕边的书被房顶的漏雨淋湿，诗人把书移至屋内干燥处；雨后清冷，诗人不想品茶作诗，于是就在屋角教孩子种植蔬菜。

此诗虽是一首闲适诗，但并未太多安享田园、怡然自得的满足之感，反倒掺杂了些许烦闷的情绪。残藓、落花、剪韭、移书，这些琐碎日常的描写，读来其实更具真实感。有自得就会有失落，有惬意当然也会有烦闷，生活本来就是这样。

方 登 峄

方登峄（1659—1725），字凫宗，号屏垢，自幼过继给叔父方兆及为子。工诗善画，早负文名。16岁补县学生，康熙三十三年(1694年)贡生，官至中书舍人、工部都水司主事。康熙五十年（1711年），戴名世《南山集》文字狱案起，因该集中载有其父方孝标沿用南明年号的《滇黔纪闻》，被视为大逆不道。方孝标已死被开棺戮尸。方登峄受株连，于第二年（1712年）同其子方式济等举家流放卜魁。登峄虽谪居边塞，仍不废吟咏，诗作丰富。其歌咏边疆风土人情的“今乐府”，尤为出色。雍正三年卒于戍所。有《依园诗略》《星砚斋存稿》《垢观吟》《葆素斋集》《如是斋集》等诗集。

客言卜魁寒甚答之

怕寒憎客说寒边，雪势霜威口角悬。
羁侣关心先我历，因人求热向谁怜。
生来冷骨何争地，拚得残躯且试天①。
煴火尚留冰窖泪②，不愁饥吻有遗毡③。

【注】

①拚（pàn），舍弃不顾。

②煴（yūn），没有火苗的火堆。

③饥吻，言饥饿。遗毡：《汉书·苏武传》："天雨雪。武卧啮雪，与旃（毡）毛并咽之，数日不死。匈奴以为神。"

【赏析】

这首诗应该是诗人还没到达或刚到达流放地卜魁时所写。

首联写诗人遇到一位新认识的朋友。这位朋友说起边塞的寒冷和霜雪的威力，口若悬河，极其夸张。颔联写诗人明白这是朋友善意的提醒，但都是流放之人，又能奢望向谁求取温暖、博得同情呢？言下之意，边塞生活只能依靠自己。

接下来的颈联中诗人自嘲生下来就是冷骨头，拼的一身残躯也要去边塞闯一闯。尾联写虽然这煴火中尚留着前人留下的血泪，但诗人内心坚定，他要效法苏武，即便饥饿"啮毡"也要凭借坚强的意志活下来。

这首诗像极了大战前的宣言。从诗中可以看出，诗人的情感变化是一波三折的。先是听朋友介绍后心生恐惧，转而斗志昂扬地发出"且试天"的誓言。接着诗人马上想到了前人流过的"冰窖泪"，激昂的情绪也渐渐冷却，进而意志坚定地表示效法苏武，在边塞坚韧地活下去。从情绪变化的过程中可以看出，方登峄是一位简单明快的性情中人。

至卜魁城葺屋落成率赋十首[①]（其一）

（之一）

覆草编茅屋数楹，羁栖绝塞此经营。
千间谁稳绸缪计[②]，一木如胜堂构情[③]。
墙短邻园鸡犬路，风高沙碛马牛声。
遽庐岂复分华陋[④]，安堵飘蓬共此生。

（选自《葆素斋集》）

【注】

①卜魁，又作卜奎，齐齐哈尔之别名。

②绸缪计，即未雨绸缪。《鸱鸮》：“迨天之未阴雨，彻彼桑土，绸缪牖户。”引申为修补。言鸱鸮在未下雨时修窝巢。后用以比喻事先准备或预防。

③堂构，指家庭父子之情。堂构即肯堂肯构，指子承父业。语出《大诰》。

④遽庐，仓促建造的屋舍。华陋，华美与简陋。

【赏析】

这是一首庆贺屋舍落成的小诗，充满了对塞外有屋安身的满足感。

前两联表述的是诗人对房屋落成的欣喜和满足。在流放之地还能盖起几间茅草屋，诗人很知足，甚至觉得盖上这座木屋比继承父辈丰厚的家业还要荣耀，因为即使有千间房屋内心也未必是安定无忧的。

颈联诗人详细地介绍了家园的周边环境。木屋的矮墙和邻居家的庭院紧挨着。门前有一条小路，小路上满是鸡和狗的爪印。突起的大风吹起层层沙尘，受惊的牛马发出阵阵嘶鸣。好一派田园风光！

尾联再次满足地表示，匆匆盖起的房子，哪里还计较是华美还是简陋呢？对身如飘蓬的流人来说，有容身之所，便可安度余生了。

多年流放生活的历练，使诗人心中多了一份安定、坦然。从这首诗中我们既可以看出诗人达观随喜的人生态度，也领略了东北边镇的田园风光。

构小屋成适乩降，题以诗并颜之曰葆素斋①（四首选一）

何地求精舍②，茅椽结构新。
一间天外屋③，千劫梦中身④。
静对诗书老，闲留面目真。
塞尘吹不入，闭户即桃津⑤。

（选自《葆素斋集》）

【注】

①乩（jī），又叫扶乩，扶鸾，旧时迷信求神降示的一种问卜术。扶一丁字架，下面放一沙盘，称神降时画沙盘作字，以预言人事祸福。这类活动在清代东北很盛行。颜，门楣、匾额。

②精舍，方外人（道士、僧人）居住修炼之所。

③天外，天边极远的地方，指荒远的流放之地。

④千劫，即千次劫火，遭到无数的灾难。

⑤桃津，即桃源，指没有人世间种种祸乱忧患的理想境界。典出陶渊明《桃花源记》。

【赏析】

此诗与上一首皆是吟咏新建木屋的，反映出诗人旷达超然的乐观心态。

诗人介绍虽然小屋不是精美房舍，但是都是新茅草和椽木建造的，这间盖在边塞的小屋就像一处世外桃源的居所。回想起往昔经历的无数劫难，就像大梦一场。有了这间安身之所，诗人就可以在读书中找到真实的自我，在吟诗作赋中慢慢老去。边塞的尘灰吹不进屋里，关上门就是一片祥和惬意的桃花源。

一间小木屋的落成，诗人反复写诗庆贺，满足之情溢于言表。看来，人们对物质的满足感都是相对的。当你身在温柔缱绻的江南水乡，享受着荣华富贵之时，这样的小木屋又怎会进入正常人的视线；而当你身处荒无人烟的苦寒边塞，承受着风吹雨淋之苦时，这样的一间小木屋无疑是人间天堂。

珍惜当下拥有的一切，哪怕只是冷锅一口，破屋一间。因为你根本无法预知，它们会在何时何地，成为何人的人间天堂。

侄庄携《何陋居集》、《甦庵集》诗读之感赋[1]

五十年前罹祸日[2]，征车行后我生时[3]。
岂知今日投荒眼[4]，又读先人出塞诗。
久远孙谋文字累[5]，苍茫天意始终疑。
携来笑尔非无意，似此生还亦有期。

（选自《葆素斋集》）

【注】

①庄，方登峄七兄复斋（方云旅）之子。《何陋居集》三卷，《甦庵集》二卷，均为登峄祖父方拱乾被流放时所作诗集。

②“五十”句，指因顺治丁酉科场案牵连，方拱乾、方孝标父子等被定罪流放之事。

③征车，远行之车。方拱乾父子于顺治十六年（1659年）三月初离北京，踏上流放征途，三月十五日出山海关。

④投荒，被贬谪，流窜荒远之地。

⑤孙谋，谋及子孙。语出《大雅·文王有声》：“诒厥孙谋，以燕翼子。”朱熹《诗集传》：“谋及其孙，则子可以无事矣。”

⑥“似此”句，指方拱乾被赦归还之事。方拱乾自序其《甦庵集》说：“甦庵者何？老人新易号也。老矣新易其号者何？八月十五夜梦一峨冠简人，手持斗大一甦字示余曰：公当以为号。醒绎其义，殆更生乎？越两月果生还矣。”

【赏析】

诗人在流放地读到祖父刊刻的诗集后百感交集，写下此诗。

首联、颔联从诗人的回忆写起。五十年前，祖父罹祸被遣戍宁古塔以后，诗人才出生。颔联写谁能想到，五十年后，诗人竟然幸运地读到了祖父在边塞写的诗集。颈联中诗人认为，诗书传家本是先人为子孙作的长远打算，可是没想到一家人却因为文字获罪。尾联写诗人猜测侄子拿来祖父的诗集，预示着一家人还有希望遇赦还乡。当年祖父梦“甦”字，随即把诗集命名为《甦庵集》，两月后便被赦还。此时《甦庵集》刊印完成，诗人觉得这是一个好预兆，希望也能有祖父当年的幸运。

顺治十六年（1659年），受南闱科场案牵连，方拱乾及其四子被举家流放宁古塔。康熙五十一年（1712年），受戴名世《南山集》文字狱案牵连，方登峄及子方式济又一次被举家流放卜魁。短短五十三年间，方氏一族惨遭两次流放。在这茫茫绝塞的万里边地，方氏流人用饱含真情的笔墨为后人留下了诸多佳作：《何陋居集》《甦庵集》《钝斋诗选》《葆素斋集》《龙沙纪略》……边塞的风沙和霜雪并未击垮他们的意志，反而玉成了他们笔下动人的诗篇。才气超群的方氏流人们，始终没有放弃自己的文化精神与文化情怀。他们各显神通，让中原文化在荒僻的苦寒之地生根发芽。

七兄以诗慰病和答二首①（其一）

形骸百炼后②，心事五更中③。
苦海终无岸，愁城岂易攻。
道危迷老马④，边远失归鸿⑤。
谁谓青天阔，微云亦碍空。

（选自《葆素斋集》）

【注】

①七兄，即方云旅，号复斋，长方登峄十岁，擅诗，是《南山集》案中同方登峄同时流放到黑龙江者。

②“形骸”句，指经过各种不幸的磨难之后。

③五更中，即一夜之中。旧时以一夜分为五段，谓之五更。

④老马，比喻富有经验、不易迷路者。语出《韩非子·说林上》。

⑤归鸿，回归的大雁。雁为候鸟，秋末与初春南北迁徙时，途遥万里，从无迷失方向者。

【赏析】

此诗是一首酬赠诗，为了答谢七兄写诗慰病而作。

首联、颔联写诗人病中的状态和所思所感。生活的艰难加上疾病的折磨，诗人常常灯下枯坐，难以成眠。诗人觉得人生的苦难就像大海一样，没有尽头，郁积胸中的苦楚岂是短时间内可以化解的。

疾病最容易勾起人的百般愁肠，颈联中诗人将自己比喻成迷途的老马，难返的归鸿，暗喻自己遇赦归乡遥遥无期。为了一吐胸中之块垒，结尾诗人颇为愤慨地说：“谁谓青天阔，微云亦碍空。”谁说青天浩瀚无边，那飘浮的微云难道不是阻碍了它的辽阔吗？此句道出了对当朝者冷酷无情的愤慨和不满。

此诗较为直接地表达了对当朝者的不满，语言之直白，寓意之显明，在流人诗歌中并不多见。这可能是诗人病中的一时激愤之语，但从中也可以看出方登峄乃至性至情之人。

同讷拙庵出郊移芍药次韵①

漫从丹砌忆芳辰②，逸兴何妨接塞尘③。
好友约锄三径雨④，野香分载一车春。
平原艳雪风翻浪，归路斜阳蝶趁人。
幽赏愿同词赋客，调高迟和谢卢纶⑤。

（选自《葆素斋集》）

【注】

①讷拙庵，即讷尔朴。

②丹砌，犹丹陛、丹阶、丹墀，古代宫殿的台阶。这里代指朝廷。芳辰，犹良辰，美好的时光。

③塞尘，边塞的风物、风光。

④三径，指家园。晋代赵岐《三辅决录》：“蒋诩，字元卿，隐于杜陵。舍中三径，惟羊仲、求仲从之游。二仲皆挫廉逃名。”后因以三径指家园，羊仲、求仲代指隐士。

⑤“幽赏”两句，自注：“卢纶《赏花诗》有‘感同词赋客’之句。”卢纶（?—798?），字允言，唐河中蒲（今山西永济县）人，擅诗，为“大历十才子”之一。有《卢纶集》行世。幽赏，安适、高雅地欣赏。

【赏析】

这首诗主要写种花之乐和田园风光，表达诗人怡然自适的心境。

首联以追忆往事发端。回忆起在京城度过的轻松安逸的美好时光，如今虽然到了边塞，也应当把这种安逸的生活继续下去。诗人与好友相约，带着锄头沐浴着微雨去郊外移芍药花。把芍药花装在车上，就是把春意都带回了家。

移花归来正遇夕阳斜照，花朵在微风的吹拂下轻摇枝蔓，花香吸引的蝴蝶不再怕人，一味地绕着满车的花儿翩翩起舞。“归路斜阳蝶趁人”，一个“趁”字写出了蝴蝶的机警，情趣十足。第五句的“艳雪”不是真雪，而是比喻芍药花洁白胜雪。

尾联诗人不忘风雅，表示要和懂得词赋的友人一起赏花品茗。唐代卢纶《赏花诗》格调高雅，作为后辈，诗人觉得自己的唱和有些迟了，请卢老前辈不要见怪。诗尾的“幽赏”“谢卢纶”等举动与首联的“逸兴接塞尘”相呼应。

花自飘零水自流，植物本与人的悲欢离合无关，可人们总会有意无意地将情感寄于草木之上。这些生长于边塞无人问津的花草，给孤苦无望的流人们带来了精神上的抚慰。当然，它们也因为流人们的呵护和吟咏，从默默无闻变得为人们所熟知。落花有意，“流人”有情，流人与花的共鸣为苦寒的边塞贡献了一曲绝唱。

夕　阳

万里荒荒白①，高城鼓角喧。
有天归大海，无地避黄昏。
野水寒沙影，秋风古道痕。
来朝知已近，不用恋余曛②。

（选自《葆素斋集》）

【注】

①荒荒，黯淡无际的样子。杜甫《漫成》（二首之一）“野日荒荒白，春流泯泯清。”

②余曛，余光。

【赏析】

这首诗写秋日夕阳照拂下的边塞景象。

前三联眼界开阔，以大开大合之气势写边塞的辽阔浩瀚。万里荒野苍茫一片，古老的城关高大雄伟，边城四处弥漫着喧喧鼓声，震人心魄。紧接着写出夕阳下的天地众生之色：远观，空旷寂寥的苍天与浩瀚无垠的大江在天际相接，雄浑的大地尽管不欢迎暗夜的到来，但最后还是被迫融入黄昏，此一联颇有“大漠孤烟直，长河落日圆”的恢宏气魄。近看，寒水倒映着黄沙，秋风吹过古道，草木摇落，留下了斑驳的秋痕。

朝阳很快就会再次升起，又何必苦苦留恋这落日的余晖呢？结尾处诗人以反问作结，升华了全诗的主旨，表达出自己对未来的期许，宣扬了一种昂扬向上的感情。与西方雪莱的“冬天到了，春天还会远吗”的意境不谋而合。

霜迟乐

七月不落霜，卜魁城边穈子黄[1]。
八月霜不落，千夫百夫下田割。
官田刈谷载满车[2]，官兵急公先完租[3]。
毳帐牛车十日路[4]，驱向城中易茶布。
和茶煮谷布裁衣，卒岁不忧寒与饥。
人人尽乐霜迟好，莽麦沙田收更早[5]。
但愿年年不出兵，官兵都作农夫老。

（选自《葆素斋集·今乐府》）

【注】

①穈（méi），又叫穈子，黍稷之类的谷物。“关外则无论黍穄统呼曰穈子。去壳，则黍曰大黄米。穄曰小黄米。”（《奉天通志》卷109）

②官田，清代土地占有制的一种形式。这里指旗地，它将地拨给驻防兵丁（有时也包括平民）耕种，交纳一定的地租。

③官兵，指在官田上耕作的兵丁。

④毳（cuì）帐，毡帐。

⑤莽麦，粗耕之麦。

【赏析】

这首诗描写了屯田兵丁的劳动、生活与希望。

诗歌通篇都洋溢一种喜悦的快节奏的氛围。因为七八月都没有下霜，这对农人来说是个好消息。七月谷物金黄喜人，八月军民一起下田收割。官兵们先将交公的谷子装足，余下的就带着毡帐赶着牛车，走十天路程到城里去换茶叶和布匹。因为丰收有了余粮，一家人欢欢喜喜煮着饭菜；换来的布做成新衣裳，解决了冬日的御寒问题，这个冬天不会忍饥受冻了。大家都说晚下霜好，荞麦和沙田也可以早一点收获（也就是说可以在下霜之前收割）。

诗尾诗人抒发了“年年不出兵，官兵都作农夫老”的美好愿望。希望天下再无兵戈战事，官兵都像农夫一样下地劳作，如此便能求得温饱。诗人的想象总是美好的，虽然实现起来很漫长，但终究是给生活一丝鼓舞和安慰。

“盛世无饥馁，何须耕织忙”。全诗以欢乐明快的节奏，为我们勾勒出一幅热闹的军民收割图。诗中，有对谷物丰收的欣喜，有收割运输的忙乱，有换茶买布的收获，也有对未来富足生活的期盼，这或许就是历朝历代老百姓最为期盼的“好日子”吧。

打　鹰　歌

冬鹰复春鹰，多少打鹰手。
负网入空山，蒙被卧林薮①。
草暖捕鹰雏，草冷捉鹰母。
鸿鹄高飞六翮厚②，白鹤梳翎入云阜③。
矫矫搏击才④，伴结乌龙走⑤。
平芜洒血逞雄姿，絛鞲到死悬人肘⑥。

（选自《葆素斋集·今乐府》

【注】

①“蒙被”句，写打鹰者伪装隐藏于山林水泽之中，以待机捕鹰。

②翮（hé），鸟羽的茎状部分。

③云阜，云层之上，犹云天。

④搏击才，展翅高翔的本领。

⑤乌龙，即黑龙江。

⑥絛鞲（tāo gōu），束缚猎鹰之物。絛，丝绳，用以缚鹰；鞲，革制臂衣，用以停立猎鹰。

【赏析】

这首诗歌咏了打鹰的过程，并对搏击长空之鹰终遭厄运而死的一生，抒发了感慨。

诗人以详尽的笔墨叙述了打鹰手猎鹰的过程。冬夏两季，打鹰者甚众。他们结伴而行，负网入山，冷时捉母鹰，暖时捕鹰崽。猎手们费劲心机与气力，或卧于沟壑，或卧于雪窝，等待时机。这些鹰和大雁一样都能翔于高空，在云端展翅飞翔。矫健锐利的雄鹰本该搏击长空，与黑龙为伴，可如今却被打鹰手捕落在地，而那些猎手直到鹰死也没有松开勒紧的绳子。

诗人感叹野鹰惨遭捕杀，痛惜之情跃然纸上。其中也不乏发出英才被无情打击而沉沦的感叹。

讷拙庵招集同人欢饮竟夜（六首选一）

（之三）

杏雨含烟柳带丝，踏青儿女暮归迟。
谁人编入春风调，画出江南二月时。

【赏析】

这首诗短小轻快，有静有动，有声有画，有朦胧也有明朗，一派欢乐怡然的氛围。

“杏雨”指清明时节的降雨，此时恰好杏花盛开。人们纷纷结伴出城，踏青祈福。天气转暖，烟雨朦胧之中垂柳抽丝，尽展一抹新绿。如此良辰美景，诗人禁不住赞叹：请谁编词谱曲写出春风调呢？又请谁妙笔生花画出这二月春呢？诗人渴望留住这美好欢快的一幕。塞北之春，风光旖旎，恰似江南二月，引起了诗人悠远绵长的乡愁。

讷拙庵奉召还京赋以志别①（二首之二）

愤涉离场泪禁挥②，送君涕泗满裳衣。
祇缘义重人难别，不怨时悭我未归③。
几度风雨劳过问，八年衰病苦相依。
从今孤杖城边立，望断朝云与夕晖。

（选自《如是斋集》）

【注】

①讷拙庵，即讷尔朴。
②离场，离别的场面。
③时悭，犹时艰，遭遇不幸，运气不佳。

【赏析】

这首诗写出了诗人与讷尔朴的深厚友谊，抒发了无限惜别之情。

首联先抑后扬，写诗人最恨离别洒泪，可现在挚友离开又忍不住涕泗横流。接着诗人道出洒泪的原因。诗人并不是因为自己没有遇赦心生怨恨而流泪，而是深感于挚友间情深义重，一时间情难自抑。颈联诗人回想起两人同甘共苦的八年，病时互相关照，写诗送药；苦闷时彼此安慰，互诉衷肠。尾联写如今好友遇赦南归，只剩下诗人独自飘零。诗人想象着往后日子里，他一个人拄着拐杖站在城边，早晚望着京城的方向，憧憬着与好友重逢叙旧的温馨画面。

这首诗写的真挚动情，画面感强，语言通俗易懂，易引起人们的共鸣。

逸叟惠花和韵见答因再叠前韵谢之（二首）[①]

（一）

秋风余艳满园花，逸致闲情属几家!
常向隔墙扶杖望，小亭深柳夕阳遮。

（二）

掩映湘帘一瓮花，感分幽韵及邻家[②]。
多情更许频来折，风雨疏篱莫悼遮[③]。

（选自《如是斋集》）

【注】

①逸叟，即具有强烈正义感的满洲科臣图尔泰。图尔泰，满洲叶赫那拉氏，康熙时官御史，刚正不阿，不畏权贵，富有正义感。对其同族、大学士明珠的专权行为，对满汉的不平等现象不满。曾上疏劾奏说满臣权重，汉官有职无权。认为满人咳嗽一声也没敢违抗的现象，不是立国之道。因遭时忌被流放齐齐哈尔。遣戍期间，治学不辍，善诗，尤其崇拜程朱理学。与权族流人文士关系至深，雍正初年尚在戍所。

②幽韵，幽雅的韵味，这里指赏花的情趣。

③“风雨”句，原注：“来诗有‘常登几席为清供，采择休嫌隔院遮’之句。”

【赏析】

这组诗描写了满洲科臣图尔泰庭园的优雅惬意，反映了满汉流人间的深情厚谊。

第一首咏秋季庭园的景色。秋季本来已是萧瑟寒凉的时节，可是图尔泰的花园依然是春色满园，这样的闲情逸致在边塞又有几人拥有呢？诗人常常隔着院墙，手扶拐杖望向图尔泰的花园，看到小亭和深柳把夕阳的余光都遮住了。可见图尔泰很会享受生活，很有情致。

第二首借咏花园，赞扬图尔泰的仗义豪情。图尔泰的花园花草繁盛，鲜花和翠竹相互映衬，颇有江南庭园的韵味。这些花木的清香甚至都飘到了邻居家。图尔泰热情豪爽，他盛情地邀请大家来他家折花儿，并嘱咐大家，让花木尽情地生长，不必在意长高的花木会在下雨时打湿院墙。

知音难觅，知己难求。在人生困顿绝望的关头，能够有如此优雅大度的友人为伴，真乃人生一大幸事！有友如斯，夫复何求？

赠省斋①

五十年前旧史官②，谁从荒漠识衣冠③。
邹枚作赋名空老④，歆向雠书墨未干⑤。
过眼几经风浪恶⑥，打心长抱雪霜寒⑦。
新愁往事纷如许，白发青灯话夜阑。

（选自《如是斋集》）

【注】

①省斋，即陈梦雷。

②旧史官，指陈梦雷于康熙九年（1670年）中进士后，选庶吉土，授编修事。

③衣冠，指学者士大夫。

④邹枚，汉代的邹阳与枚乘，他们都是与司马相如齐名的辞赋家。

⑤歆向，即向歆，汉代的刘向（公元前77？—前6年）与刘歆（公元前50—公元23年）父子，我国古代著名的校勘群书的学者。为整理古代典籍做出了杰出的贡献。

⑥几经风浪，指陈梦雷于康熙二十一年与六十一年两次被流放东北一事。

⑦雪霜寒，喻青白无辜，人品高洁。

【赏析】

此诗作于雍正元年（1723年），即陈梦雷第二次被流放到达卜魁（齐齐哈尔）之后。这首诗赞颂了陈梦雷的才华、贡献与人品，对其两次不幸的遭遇深表同情。

首联以发问引起全篇，别具一格。五十年前那个意气风发的翰林院编修，如今在这蛮荒之地还有谁认识他呢？领联诗人借历史名人介绍了陈梦雷的才华，说他写诗作赋堪比邹阳和枚乘，校勘编修可以与刘向、刘歆比肩。诗人如此盛赞陈梦雷，可以想象其人必定才华横溢，不同凡响。

颈联诗人不吝笔墨，盛赞了陈梦雷的高洁品行。虽然历经两次被遣流放，（一流尚阳堡，一流宁古塔）几经生死，但梦雷仍旧一生傲骨，保持着如霜雪般澄净的文人操守。得友如此，诗人当然备感荣幸。虽然新愁旧事纷乱如麻，但诗人仍渴望有朝一日，与友人一盏青灯下，畅谈到天明。这首诗既表达了对陈梦雷的痛惜，也表明自己和其惺惺相惜的真挚友情。

方氏一族，五十年间遭遇两次流放，可这痛苦毕竟是由几代人相继承受的。而陈梦雷四十年间经受的两次流放却是由他独自承受的。且不论其学识才华 ，只论其几起几落后依然淡泊高洁的品格，就值得后辈学习。

塞　上　月

塞月不照山，塞月不照水。
夜夜照黄沙①，起落笳声里②。
曾照几人还？曾照几人死？

【注】

①黄沙，按：诗人所遣戍的齐齐哈尔周围多沙。其子方式济《龙沙纪略》云：“卜魁以南至新城（即吉林伯都讷），数百里皆平漠，其三面之二百里内亦无山。”又云：“卜魁四面数十里皆寒沙，少耕作。”

②西清《黑龙江外记》云：“（卜魁）二、八月望日，城南楼吹布楞半月……其声呜呜。布楞，海螺也，盖古笳吹遗意。”以上四句写塞外之荒寒。

【赏析】

本诗以塞上之月，写边塞的荒凉及流人难归的感慨。

“君独何为至于此，山非山兮水非水。”这是清初诗人吴梅村对边塞的描述，恰好与此诗的首联异曲同工。边塞的月亮为什么不照山，不照水呢？因为边塞荒凉多风沙，少山水。年复一年，明月孤独地照着茫茫黄沙，在悲凉的胡笳声里升起、落下。

结尾两句诗人发出了颇具哲理的叩问：流光易逝，沧海桑田，明月见证过几人遇赦南返，又见证了多少人客死异乡？答案不言自明，归乡的幸运儿寥若晨星，客死边塞的苦命人数不胜数。

“江畔何人初见月？江月何年初照人？”（唐代张若虚《春江花月夜》）同样是仰天问月，张若虚笔下蕴含的满是哲理和思索，而方登峄诗中透溢出的就只有凄凉和感伤了。

落 日

落日满柴门，春苏冻路痕。
沙明野水动，风定乱云屯。
饮马争邻井，归鸦识旧村。
江天同一照，独立向黄昏①。

【注】

①此句指独立苍茫。孤寂之感，意在言外。

【赏析】

本诗咏初春落日的苍茫景象及诗人的寂寞心态。

诗中，诗人向我们描绘了一幅“不知有汉，无论魏晋”乡村晚景图。落日的余晖洒满整个院落，门前的土路上依稀可见泥土被冰冻过的痕迹。春风吹拂水面荡起波纹，水面清澈得能看见水底的沙石。微风过后，天上的白云慵懒地挤在一起。邻家的马儿在井旁争着饮水，在外觅食的乌鸦飞回了树上。在这江水与天地浑然一色的壮阔画面里，只有诗人孤身一人，独对黄昏。

颔联“风定乱云屯”一句尤为惊艳，一个“屯”字，既写出了云的多和厚，又巧妙地刻画出了云缓慢悠闲的状态，可谓神来之笔。

暮 立

门横暮色短藜闲①，幽僻城隅土一湾。
野日苍凉如浸水，远云层叠当看山。
笳声风曳鸣鸿去，草影沙喧牧马还。
不是邻人争晚汲，先生久已闭柴关。

【注】

①藜，本草名，这里指以藜之老茎制成的手杖。

【赏析】

此诗记录诗人在暮色苍茫中的一次出游经历。

开篇便是一幕悠闲景象：天色渐晚，诗人闲来无事，手拄藜杖，去探寻城中一处幽静的河湾。颔联、颈联描述的便是诗人在“幽僻城隅”见到的景致。旷野的落日苍茫暗淡，和水面相接，连成一线；层叠的云朵好似重山一样，笳声伴着风声送走哀鸣的大雁；草影摇曳，沙土宣软，村民骑着牧马向晚而归，一派苍凉，万物归息。

诗尾描摹了颇具生活化的一幕：“不是邻人争晚汲，先生久已闭柴关”。晚归的邻居们争先恐后地跑到“先生”家打水，若不是为了等他们，“先生”应该早已关上柴门，悠然入梦了。诗尾“打水”一幕形象可感，为全诗增添了些许生机和暖意。此处“先生”，应指受尊敬之人，或是村中的老人。

这首诗真实地反映了边塞乡间的环境和生活情景，质朴而令人回味久远。

喜小雨

细雨压风风暂息，飞沙入雨雨无声。
茅疏破屋燕争出①，草湿断堤蛙乱鸣。
自种畦蔬青始拆②，人传垄麦绿难平③。
贫家课圃关心甚④，云净西郊怯暮晴⑤。

【注】

①茅，草名。有白茅、青茅、黄茅等。疏，稀。

②畦蔬，园中的蔬菜。畦，田畦。拆，分裂，裂开，通“坼”。青始拆，指园中蔬菜的绿色深浅不一，远远望去，有如产生了裂痕。

③人传，别人传授。垄麦，田垄上的小麦。平，齐一，均等。此句指经别人传授而栽种的绿色麦苗也高低不齐。

④课圃，指农业税。课，抽税，赋税。圃，种植果木瓜菜的园地。

⑤怯，胆怯，害怕。

【赏析】

小雨有利于庄稼的生长，而庄稼的生长又涉及农业税的上缴，因此诗人见到小雨，喜而有赋。

从首联可以看出，这场小雨虽来的悄无声息，却给大地带来一片生机。悄然而至的微雨，压住了刮个不停的风沙。颔联写破屋茅草稀疏之处，燕子争先恐后地飞了出来。堤岸上的青草浸透雨水，池塘里青蛙发出声声乱鸣。雨的到来，令诗人内心充满了喜悦和欣慰。

颈联介绍诗人自家菜地受到小雨浸润后的生长情况。农田里的蔬菜绿色深浅不一，远远望去，有如产生了裂痕。在别人指导下栽种的麦苗也高低不齐。尾联写虽然雨水已降，但当诗人看到西郊云净天空、一片晚晴时，不由得担心害怕天气干旱，影响今年的征农税收。

比起杜甫《春夜喜雨》的喜悦，这首诗对于雨可是喜忧参半。喜的是雨滋润万物，带来一片新绿；忧的是家里茅屋简陋，下雨时连燕子都不在他的家中避雨安歇。可见诗人一家人要经受多么潮湿的环境。

除此之外，诗人还有一点担忧，就是嫌这雨太小，庄稼滋润不透，作物生长不好，秋收时不够上缴赋税。这种夹杂着喜忧的矛盾心情，跃然纸上。“燕争出”句虽然无奈，却很生动；“哇乱鸣”道出生动可喜之景；“青始拆”和“绿难平”虽写出自己耕作不力，但诗人作为南方的读书人，亲力耕作而有这样的结果，不乏自得之意。

风　雪

雪势挟风力，风狂雪亦狂。
春难白到地，晚更冷侵床①。
旋舞天光乱，惊摇日影荒。
莫教轻出户，步屧恐茫茫②。

（选自《如是斋集》）

【注】

①侵，渐近。
②屧（xiè），鞋的木底。这里指行走。

【赏析】

此诗咏卜魁雪虐风饕的春日雪景。

风雪互相借势，来势凶猛。“春难白到地”一句，意为春雪落地，便已融化。狂风卷起雪花，雪片在空中飞速盘旋无法落到地面。风雪肆虐，雪花像受到惊吓般地飘摇，连日光的影子也跟着昏暗不明。及至夜晚，阴冷更甚，时时侵袭床铺。诗人劝诫人们轻易不要出门，不止因为寒冷，还有可能陷入迷茫中辨不清道路。可见边塞严寒无情，流人深受其苦。

夜大风忆观永①

寒逼风狂夜火青，披衣欹枕坐来听②。
只身千里昨朝去，羸马双轮何处停。
弱骨岂堪行旅伴，老怀难遣梦魂宁③。
最怜临别翻宽我，少壮艰辛说惯经。

【注】

①观永，即其长孙方观永。
②欹（qī），古同“攲”，斜靠着。
③遣，排解，发泄。

【赏析】

此诗写对长孙方观永离开卜魁、只身上路的担忧。

夜晚刮着大风，夜深天寒，炉火微弱，诗人披上衣服靠着枕头听屋外的声响。诗人想起了昨天远行的长孙方观永，他乘坐的马很瘦弱，现在不知行至何处？是否有安身之所？他那瘦弱的身体哪里经受得了旅途的艰辛，诗人担心得彻夜难眠。而长孙似乎已预见到这一幕，昨日分别时他还宽慰诗人，说他自己年轻力壮，习惯了经受这些辛苦。

诗人在狂风寒夜里写下对远行长孙的担心，也表达出对长孙的怜爱与感动。

仲孙至卜魁[①]（二首选一）

知尔难来喜尔来，颠连踪迹费徘徊。
贫装孑影因人到[②]，羸马残春冻雨催。
拜起凝眸惊老瘦[③]，坐牵依膝拂尘埃。
重闱望眼三年泪[④]，怀抱今时得暂开。

【注】

①仲孙为方观承

②孑（jié），单独，孤单。

③凝眸（níng móu），注视；目不转睛地看。唐代李商隐《闻歌》诗：“敛笑凝眸意欲歌，高云不动碧嵯峨。”宋代秦观《望海潮·越州怀古》词：“何人览古凝眸，怅朱颜易失，翠被难留。”清代蒲松龄《聊斋志异·封三娘》：“十一娘将归，封凝眸欲涕，十一娘亦惘然。”

④重闱，重重宫门，指深宫。

【赏析】

此诗为仲孙方观承从关内到卜魁省亲，祖孙相见时所作。

诗的前两联，道出诗人对仲孙入关探望喜忧参半的心情。喜的是万里之外能够见到朝思暮想的仲孙；忧的是仲孙这一路上要遭受的坎坷和寒冷。诗人想象着，在春季将尽的时节，形单影只的仲孙经受着冻雨的侵袭，衣着单薄，骑着瘦马，踽踽独行。

颈联刻画了难忘的相聚时刻，画面温馨有爱。仲孙向诗人叩拜，凝眸相望的瞬间，仲孙已显出老弱病瘦之态。诗人为仲孙掸去衣服上的灰尘，拉着仲孙促膝而坐。尾联抒发了诗人的感慨：相聚来得太不容易，三年的苦熬终于盼到朝廷开恩，让他们得以祖孙团聚，享受天伦之乐。

“相见时难别亦难”，方登峰的这两首诗，一首送别长孙，一首迎接仲孙，读来皆令人动容。从鸟语花香的南方，颠簸万里来到边塞探望祖父，方氏一族的孝道教育和传承可见一斑。清初桐城方氏是一个历史绵延、支系繁多的望族大家，也是一个以科第而得仕宦显荣的贵胄之家，家风绵延数百年而不衰。一个家族能够有如此的凝聚力和生命力，其成功的原因，或许可以从他们的创作中找到答案。

方 式 济

方式济（1676—1717），字渥源（一作屋源），号沃园，桐城(今属安徽)人士，方登峄之子。方式济七岁时母亲去世，其年少时文采斐然，画绘兼通。康熙四十八年(1709年)中进士，授内阁中书。康熙五十二年（1713年）受《南山集》文字狱牵连，与其父方登峄同遣戍齐齐哈尔，并卒于戍所。早年工诗，“与老宿唱和，积诗成帙”。至戍所，“坐荆棘风雪中，两手皲裂，暇则吟咏承欢”。有《五经一得》及黑龙江省第一部方志《龙沙纪略》，诗集有《陆塘初稿》《出关诗》。

望见卜魁城

一片沙昏数尺墙①，断碑烟景亦苍苍。
怪来战马防秋地②，说是书生送老乡③。
五十三亭燕树隔④，六千余里楚天长⑤。
劳肩息后寻诗料，雁月笳风拾满囊⑥。

【注】

①沙昏，卜魁城周围多沙，故称。

②防秋，古代，北方每至入秋战马肥壮之际，边塞经常发生战争。至此期，边防军加意警卫，谓之防秋。防秋地指卜魁城而言。

③送老，晚年消遣度日。

④五十三亭，这里指驿站。即五十三驿。宋代黄庭坚《竹枝词》：“鬼门关外莫言远，五十三驿是皇州。”皇州即京都。燕树，燕地之树木。

⑤六千余里，当指其家乡桐城与卜魁距离而言。楚天，楚地。诗人故乡桐城县，战国时属楚地。

⑥囊，指诗囊。相传唐代诗人李贺常骑驴出游，从小奚奴，途中得佳句，即书投囊中，及暮归，整理成篇。诗意本此。奚奴，童仆。

【赏析】

此诗写于康熙五十二年（1713年），诗人遣戍途中遥望卜魁城，抒发了无尽的哀愁。

黄沙蔽日，残墙断碑，放眼望去，满目苍凉。首联写诗人初见卜魁城的荒凉景象。“一片沙昏”写出卜魁城昏暗多沙，“数尺墙”可见城墙矮小，“断碑”写出破败之象，“烟景”传递苍凉之感。领联诗人感慨道：此处本来是驯养战马、抵御敌寇的战略重地，如今却成了读书人终老栖身之所。此一感喟发人深省。

颈联用“五十三亭”“六千余里”两组数字，写出诗人从家乡到卜魁路途遥远。投荒到边塞，也不全然是祸事，至少可以远离官场是非，在辛苦劳作的间隙，寻找诗料，创作诗词。诗尾诗人自比李长吉，想象着在劳作之余，把边塞风月都写到自己的诗中，这也不失为人生一大乐事。

“国家不幸诗家幸，赋到沧桑句便工”，苦难的人生经历反倒为流人们提供了日夜吟诵的素材，更提高了他们的诗歌成就。可见福祸相依，亦或者说我们要善于在绝境中寻找生机。“黑夜给了我黑色的眼睛，我却用它来寻找光明”，看似不可能，但只要执着地去寻找，就注定不会一无所获，说不定黑暗的尽头就是“柳暗花明”。

游胡氏庄次星厓弟韵二首①

（一）

郭北辚辚古道过②，戍楼三里接湖波③。
沙堆断处人烟出，露得秋城一角多。

（二）

双双白鹭掠云过，茅屋人家对渌波④。
为道年年新雨后，鱼苗一样到门多。

【注】

①胡氏庄系康熙末年齐齐哈尔名园，原为某武官之墓地，后辟成园，居城之北。门前一水，云影波光，园内柳蔓成路，凉阴可人。星厓，名不详，为诗人从弟，当系登峄之兄方云旅之子。

②辚辚，车声。

③戍楼，边防驻军之瞭望哨。

④渌，清澈。

【赏析】

这两首诗系诗人游胡氏庄时，和其弟星厓同诗韵律之作，描绘游庄之所见。

第一首写从高处俯瞰所见的胡氏庄全景。庄园前有一条热闹的古旧大道，“辚辚”说明车马很多，地处繁华。三里外哨卡楼的倒影能够和庄园的湖面相连，“接湖波”说明湖大水深。第三句介绍庄园周围环境。庄园的远处围绕着零散的沙堆，附近可见人烟，说明人们愿意围绕庄园居住。最后一句说在庄园只能看到城墙的一角，应该是北门的一角。此句意旨庄园占地面积广阔。

第二首写胡氏庄园内的迷人景致。成双的白鹭略过水面，飞入云霄；湛蓝的湖水映出白云蓝天的倒影，湖面上层层鳞浪随风而起，数间茅屋散落在湖边。庄里人向诗人介绍：每年下雨以后，鱼苗多到都聚集到门口的水湾了。好一派生机盎然的庭园风光！

“不论平地与山尖，无限风光尽被占。”唐代罗隐的这句诗，虽然是吟咏蜜蜂的，但用来形容胡氏庄园，也甚为贴切。

寒号鸟（二首选一）

（其二）

边山盘千林[①]，郁郁苍烟里。
岂无一枝栖，或谓众鸟诋[②]。
文翼不章身[③]，脱罗差可喜[④]。
炎方翡翠居[⑤]，丘隅任所止[⑥]。
抱志往相从，三跃不能起。
百舌媚华春，兹鸟困霜杞。
谁语梧桐冈[⑦]，哕音一怜尔[⑧]。

（选自《出关诗》）

【注】

①盘，盘曲，迴绕。

②诋，毁谤，诬蔑。

③文翼，色彩交错的羽翼，即彩翼。章身，彰显其身，显露其身。

④脱罗，免于罗网，即免祸。差，比较，略微。

⑤炎方，南方炎热之地。翡翠，鸟名，又名翠雀，羽毛艳丽，色彩斑斓。

⑥丘隅，小土山边。

⑦梧桐冈，即凤凰所居之处。传说凤凰非梧桐不栖，这里指凤凰。

⑧哕（huì），指凤凰发出的鸣声。《鲁颂·泮水》诗：“鸾声哕哕。”鸾（luán），传说中凤凰一类的鸟。

【赏析】

这首诗对寒号鸟为众鸟所排挤而无处栖身的不幸遭遇，表示同情。

一二句营造出一个云雾苍茫、枝繁叶盛的山林盛景。如此郁郁森森的山川密林，寒号鸟竟然找不到一根树杈可以容身。诗人猜测，寒号鸟可能是遭到了众鸟的排挤。

“文翼”六句写出寒号鸟的诉求和理想。寒号鸟不求身上彩色的羽翼能够彰显其身，只求能够免于灾祸就好。听闻南方的翡翠鸟可以自由地选择栖息之所，寒号鸟立志飞往南方却追寻它们，怎奈竟“三跃不能起”。百鸟皆喜爱明媚温暖的春季，唯有寒号鸟被困于凄冷的枯木之上。

诗尾两句诗人替寒号鸟发出感叹：靠谁把这悲苦的处境告知凤凰，请求凤凰向它发出同情的鸣叫声。

其实，寒号鸟的遭际就是诗人自己的人生经历。诗人通篇以寒号鸟自比，“凤凰”则指代皇帝。诗人被困边塞生还无望，希望皇帝生发怜悯之心，这样他才有可能被赦免还乡。这首诗既表达出边塞生活的艰难和无望，同时又传递出于绝境中谋求生机的一线希望。

镇北堡道中①

北关遗壁草连空，烽火平原静暮风②。
十里雨丝到山驿③，棉花街口一灯红。

（选自《出关诗》）

【注】

①镇北堡，原注：“故北关也，出威远堡二十里。”北关，即镇北关，明代辽东边墙上的重要关口。《开原图说》卷下：“镇北堡十里为白马儿山，山有关，即镇北关也。”《奉天通志》卷74：“棉花街村为明镇北关故址。”即今开原县东北莲花街。

②烽火，这里指战争、战乱。

③山驿，山地的驿站。莲花驿在山下平地，不广。

【赏析】

这首诗通过意象的铺排，用细腻的笔触为我们描绘了镇北关道中所见。

镇北关的断壁残垣中，茂盛的草木一望无边，远远望去一直延伸到天边。曾经威名远播、战火四起的边关古镇，现在已无战火，平静如微风。方圆十里都下起了如丝细雨，就连山下的驿站也是微雨弥漫。在离驿站不远的棉花街口，一盏红色的灯笼为行人照亮前行的路。

在荒凉苦寒的边关古镇，凄风苦雨中，能够看到一盏灯光，无疑是给行人的心中点燃了一盏温暖的希望之光！

大 姑 山[①]

大姑山对小姑山，百里烟光两翠鬟[②]。
明月下山天似水，峭帆疑挂碧湖湾[③]。

（选自《出关诗》

【注】

①大姑山，即大孤山，在伊通河（今吉林伊通县）西。其南三十里许相对一山为小孤山，又作小姑山。

②翠鬟，妇女发式的美称。“大姑山”两句，本来在距诗人家乡桐城不远的江西省鄱阳湖中，有一山名大孤山，又名鞋山，其北百余里，在江西彭泽县长江中有一山名小孤山，俗名髻山，即形如发髻之山。大、小孤山是名胜之区。顾况《小孤山》诗：“大孤山远小孤山，月照洞庭归客船。”

③峭帆，高耸的船帆，喻大小姑山之山峰。

【赏析】

这首诗以清丽的笔触，描绘了大、小姑山的美妙风光，表达了诗人对家乡的怀念。

诗人的家乡有大姑山和小姑山，奇妙的是吉林省境内也有大、小姑山。诗人身在边塞，触景生情，怎能不引发思乡之情。诚然，诗人的家乡山水连绵。而北方的山跟水相连的并不多。既然没有水，诗人就将天空比作河水，把此起彼伏的山峰比作高耸的帆船，将大、小姑山看作烟波里的梳着翠鬟的美妇。诗人的想象可谓绝妙。三个形象的比喻一下子让我们领略了两地大、小姑山的巍峨与俊美。

此诗似咏塞北，实写江南，虚虚实实，既表达了对塞北风光的欣赏，又巧妙地表达了思乡之情。

观菊分韵，得故字失马

空外似闻嘶处近[①]，车前犹记旧蹄痕。
随来道远怜同命，说到功高愧少恩。
骨瘦岂堪充夜猎，天寒莫更放秋原。

饭牛歌里斜阳下②，独步平沙望远村③。

【注】

①空外，天空之外。

②饭牛歌，饲牛之歌。《淮南子·道应》："桓公郊迎客，宁戚饭牛车下，望见桓公而悲，击牛角而疾商歌。桓公闻之，抚其仆之手曰：'异哉，歌者非常人也。'命后车载之。"

③平沙，谓广漠的沙原。

【赏析】

这首诗记录诗人失马的经历，虽然具体失马原因没有说明，但诗中隐约可寻得痕迹，老马可能是在艰苦的环境中因病或累而死。

首联写诗人仿佛听到天外有老马嘶鸣的声音，门前的车辙里还掺杂着老马旧日的蹄印。接着诗人回忆起了老马生前的功绩。这匹马拉着诗人长途跋涉来到流放地，承受了同样的苦难，可它却没有得到一点恩惠。在苦寒的塞外，老马瘦弱的身躯无法陪诗人夜晚打猎，也不能经受秋季冷天里原野上的放牧。

尾联两句表现出诗人对老马无尽的思念。夕阳下，失去老马的诗人，孤零零地走在沙地上，瞭望远方的村落。古时贤者宁戚作饭牛歌，诗人也要效法宁戚为老马作歌。从此举可以看出，老马已成为诗人生命中最亲密的朋友。

"古道西风瘦马"，方式济诗中的老马与马致远曲中的老马形神具似，皆是苦难深重的象征。其实，"老马"的形象更多地凝结着诗人自己的影子，诗人也正是皆用"老马"来寄寓自己的身世之感。

方 观 承

方观承（1698—1768），字遐谷，号向亭，又号宜田。安徽桐城人。工部主事方登峄之孙，内阁中书方式济之次子。康熙五十二年（1713年）二月，因《南山集》狱案牵连，方登峄、方式济被流放卜魁（齐齐哈尔）。观承与长兄观永“归金陵，家无一椽，借居清凉山僧舍”（袁枚《方观承神道碑》，《碑传集》卷72）。旋即北上至京师。是冬又一起出关，“浮沉辽沈间。康熙五十四年（1715年）春，省视卜魁”。不久，观永因“谋食四方”而去，观承侍父祖于“于塞上，逾五年”（方观承《入塞诗序》）。克尽孝道。其间他留心边事，勤于著述，写了大量歌咏卜魁风土民情的诗篇。观承虽处逆境之中，但励志节，勤学问，有经世之才。康熙五十九年（1720年）奉天督学任瑷“屡驰书相召，不得已，大父遣赴幕，而离开卜魁”。后为平郡王福彭所知遇，奏为记室。雍正帝授其为内阁中书。乾隆二年（1737年）充军机处章京，后累官至直隶总督、兼理河道，多有政绩。死后溢恪敏。有《东闾剩稿》《入塞诗》《怀南草》《竖步吟》等多种诗集，均收在《述本堂诗集》中。

稽林渡松花江[1]

万壑空明外[2]，千家练影中[3]。
扶桑常表日[4]，沮漆旧朝东[5]。
荡涤存荒远，微茫接混同[6]。
何当舟楫便，边势溯长风。

（选自《东问剩稿》）

【注】

①稽林，即吉林。

②空明，指通明透彻的天空。

③练影，白影。

④扶桑，神话传说中东方的神木名，据说日出其下。《淮南子·天文》："日出于旸谷，浴于咸池，拂于扶桑，是谓晨明。"表，显露，出现。

⑤沮漆，又作漆沮，二水名，均在陕西。沮水源于今黄陵县西北，向东南流；漆水源于今铜川市，向西南流。至耀州，二水汇合为石州河，东流注入渭水。

⑥混同，既混同江。关于混同江有不同说法，一指松花江与黑龙江汇合后的江流，即黑龙江下游；一指松花江与嫩江汇合后的江流，即今松花江下游，并包括松花江与黑龙江汇合后直至流入海的部分；一指今松花江。诗人所指的混同江，属于第二种看法，即松花江与嫩江汇合后的江流。

【赏析】

这首诗咏诗人赴东北戍所省亲途中，在吉林过松花江时的所见所感。

首联勾勒出一个大场景，描绘了千山万壑都在一片清明澄澈之中，茅屋草舍也都沐浴在一片光亮中。接下来诗人引用典故，称赞此地是日出之地，发源之所。浩瀚的松花江水绵绵不绝地流向远方，在苍茫的秋色中与混同江汇合。尾句诗人诗兴大发，想象自己借助舟楫、乘着长风，逆流回溯到松花江的源头看一看。

全诗都从大处着眼，思考和想象都有大境界、大格局，能够让我们领略东北山水的壮阔雄浑。

野　宿

野宿必依庐帐求井也。车挽相联[1]，荒草一匝，秣马其中，人宿车上，日野营，又日冷营。

遥指行庐入暮天，营依一匝短轮连。
黑风饮马人呼井，白雪眠车夜裹毡。
强抱梦魂来断碛[2]，又听轹辘起荒烟[3]。
柳条数问边门路[4]，传道冰沙不易前。

（选自《入塞诗》）

【注】

①挽（wǎn），牵引。
②断碛，与世隔绝的沙漠地带，这里指荒凉僻远之地。
③轹辘（lì lù），车轮滚动的声音。
④柳条，指柳条边。边门，指柳条边门。

【赏析】

这首诗记录了清初东北地区野宿的情景，反映出边塞生活的艰辛。

前四句介绍了一行人野外宿营的情形。傍晚时分，一行人在草地上扎下行营。所有的车子围成一圈，车轮连在一起。这样做的目的是增加车体承重力，以免晚上风大，将车吹走。夜晚狂风呼啸，大家打井水饮马。“呼井”应该是指对着井口大喊，通过回声来判断是枯井还是水井。雪大风寒，筋疲力尽的人们在马车上裹着毡子睡觉。

后四句道出了诗人北上边塞的抱怨和辛酸。诗人抱着魂飞魄散的决心来到荒凉的边塞，现在又要承受冰天雪地里野外宿营的痛苦。在柳条边问了很多次路，人们都说前路又有冰又有沙，路滑难行。

从诗尾的表述看，野宿绝不是为了体验生活而到野外露营，而是诗人去边塞看望祖父、父亲，途中没有人家，碰巧加入野外宿营的队伍中。从中可以想见，这一行人北上之路多么艰苦。

夕　阳

秋草枯时塞眼长[①]，天低野寺暮云荒[②]。
戍笳声里沙和雪[③]，一片寒阴淡夕阳。

【注】

①此句是咏塞外秋草枯萎时，人们看得远。
②荒，不分明貌。
③戍笳，边防驻军的笳声。

【赏析】

此诗是咏塞外夕阳西下时的苍茫景象。写于诗人在卜魁省亲期间。

首句观点清奇。秋草枯萎，诗人却认为这样能够看到更广阔的边塞远景。颔联、颈联描摹了一幅动静相生的奇妙景象。天幕低垂，郊外山上的小庙和傍晚的云朵两两相望。苍茫暮色中，空中传来阵阵笳声。诗风至此，一片安静祥和。可接下来画风突变，狂风袭来，卷起漫天的沙雪，这纷扬的沙雪使本来辽阔的视野，一下变得昏暗模糊，夕阳也因此变得昏暗惨淡。

本诗通过大环境和小细节的对比，以静衬动，刻画出边塞独特的夕阳晚景，让人印象深刻。

夜　归

城阴寂寂锁蒿莱[①]，归路频惊戍鼓催[②]。
冻月半轮衔雪出[③]，寒沙数里傍车来。
猎云散骑环宵帐，野烧飞烟掠燧台[④]。
遥指衡茅栖冷梦[⑤]，一星灯火露荒陈[⑥]。

【注】

①蒿莱，杂草，野草。

②戍鼓，边防驻军的鼓声。

③衔雪，含雪。

④野烧（shào，读去声），此处专指野火。掠，飘拂过。燧台，烽火台。

⑤衡茅，衡门茅屋。指陋室。诗中指诗人之家。

⑥荒阫（péi），残破之墙。荒，荒废。阫，墙。

【赏析】

本诗记录了一次普通的夜归经历。写于诗人在卜魁省亲期间。

首联从视听结合的角度切入。城门的阴影掩映着路旁的野草，戍鼓声声，像是在催促行人早点儿归家。颔联、颈联集中描写沿途景色，透出浓重的寒意。一轮弯月悬挂当空，积雪在月光的反衬下显得更加寒气逼人；夜风裹挟着风沙，席卷数里袭扰着马车和行人。猎者如云，分散环绕着燃着灯火的营帐，野火烧起的浓烟被风卷起掠过烽火台。“冻月”“寒沙”“飞烟”这些意象，无不透出一股冷气，加上漆黑的夜色，可以想见夜行之人内心的悲戚。

尽管这夜晚凄冷的让人看不到希望，但诗尾却透露出温暖。“一星灯火露荒阫”，远处那间简陋的茅草屋，露出一丝灯火的光亮，那里正是诗人栖身入梦的地方。

整首诗都透出一股荒凉之感，但猎者炊烟的场面和家中灯火给了诗人慰藉。

法塔哈边门①

已在重边外②，尤严大漠防③。
开关无去马，落日有奔狼。
草间烧痕绿，云堆碛影黄。
闾门恶远望④，千里更何乡。

（选自《东闾剩稿》）

【注】

①法塔哈边门，清代柳条边最北的一座边防，又作法特哈边门。在今吉林舒兰县西，舒兰河之北。为当时北通齐齐哈尔南通盛京的唯一通道。

②重边，指从盛京至齐齐哈尔要两过柳条边门（第一过是威远堡边门），故云重边，亦叫重关。大漠，又作大碛，本指蒙古高原上的大沙漠，这里指辽阔边远的地方。

③防，驻防，防守。

④闾门，乡里之门，指故乡。

【赏析】

这首诗记录了清初柳条边的景象与防守的情况。

首联介绍法塔哈边门因为地处边镇和盛京之间，位置颇为重要，故而守卫十分严格。又因地处蛮荒，即便平日开了关门也很少见飞骑出关。接下来诗人将笔触落到法塔哈边门的周边景色上。落日余晖中，狼成群结队地奔跑；茂盛的青草中隐藏着被野火烧过的痕迹，绵延的黄沙映照出白云橙黄色的倒影。

尾联的收束充溢着惆怅落寞的思乡情怀。平生不喜遥望故乡，因为目之所及的地方也只是他人的故乡。

“人言落日是天涯，望极天涯不见家。”（宋代李觏《乡思》）草青了，又枯了，一年年的遥望换来的都是失望，那就索性不望，进而“恶远望”，可正是一个“恶”字，使思乡之情具有了更加动人心魄的力量。

卜魁竹枝词二十四首（其一）

诺尼江上水潺潺①，五月冰消艾浑山②。
流到浑同天更碧，松花一派白云间③。

【注】

①诺尼江，嫩江。

②艾浑山，即瑷珲一带的山岭，指嫩江发源处，即大兴安岭。

③“流到”句，原注：“诺尼江在城北五里，南流至浑同江，会松花江入海。”浑同，即混同江，诗人认为是嫩江与松花江汇合后的江流，即今松花江下游。城，指卜魁，即齐齐哈尔。

【赏析】

竹枝词一般给人的感觉是简单明快，这首诗即是这样。几处景致在诗人的笔下衔接自然，一句一景，各具特色。诺尼江流水潺潺，主要体现流水之声悦耳；艾浑山五月冰雪消融，介绍的是气候温暖。水流入混同江，两江相汇处碧水蓝天，颜色喜人。不远处的松花江也和白云相接，一片辽阔的气势。这首诗以一种愉悦的心情，描绘出松花江附近壮丽的风光。

诺尼江漫兴[①]

斜日风定半江水，破网人牵独木舟。
云影渐移沙外岸，钟声微落寺前楼。

（选自《东闾剩稿》）

【注】

①诺尼江，即嫩江。漫兴，兴之所至而随意赋诗。

【赏析】

首句在写景中交代了时间、天气。傍晚风平浪静，夕阳染红了半江水。由于是“漫兴”，我们从诗中确实能感觉到一种悠闲的慢节奏，加上诗歌言语简略，给了我们更多的想象空间。首联“破网人牵独木舟”一句，也许是诗人自己乘坐独木舟游览了一下午，傍晚用破渔网拉着独木舟回家；或者是诗人傍晚去江边散步时，见到渔夫用破网拉着独木舟上岸。这两种情形都能体现闲淡的心情。第三句写云影随着人移动，等人走到沙岸时，水中的云影突然消失不见了。这句写出云影的俏皮可爱。回家的路上，诗人听到了寺庙里传来钟声，应当是吃晚饭的时间到了。

这首诗用浅易的文字，平缓的语调，表现出自然随性的情怀。读流人诗你会发现，很多诗歌不必用典，单是诗中的情调、气氛，也能把诗人所要表达的东西传送到读者的内心深处。语言平淡而意境醇美，正是此类诗歌的特色。

大父作塞居十首，叙日昔人有山居村居湖居诗，独不可为塞居诗乎？触目成辞一慨亦一笑耳。同大兄敬次原韵[①]（十首选一）

抱瓮居然学圃身[②]，畦昀架叠费精神[③]。
花蔬界别三弓地[④]，瓜豆筐分隔巷邻。
青摘儿童喧款客，碧连斋室静怡人。
篱门夜月棚阴雨，健履欣看倚杖频[⑤]。

（选自《东闾剩稿》）

【注】

①大父，祖父，即方登峄。其塞居十首为《至卜魁城年屋落成本赋十首》。大兄，指方观永。

②抱瓮，典出《庄子·天地》："子贡南游于楚，反于晋，过汉阴，见一丈人方将为圃畦，凿隧而入井，抱瓮而出灌，搰搰（húhú）然用力多而见功寡。"后因以抱瓮为辛勤劳动与淳朴生活之典故。圃，种植果木蔬菜的园地。

③畦畇，平整田地。

④弓，旧时丈量土地的计算单位。一弓相当于五尺，即一步。

⑤倚杖，拄杖。健履，行动轻快。这里指方登峄。

【赏析】

这首诗有陶渊明"种豆南山下，草盛豆苗稀"的悠然情景，又有邻里和睦、儿童喧闹的祥和氛围。一二句写祖父学起老农，种植花果蔬菜，抱瓮浇水，平整土地。三四句颇有陆游"莫笑农家腊酒浑，丰年留客足鸡豚"的淳朴喜悦之情。祖父家中只有"三弓"大的园子，种植的果蔬居然溢出了边界。祖父把收获的瓜果装在筐里，分给隔巷的邻居们。这句生动地展现了乡村朴厚自然的生活。

第五句写孩子们摘菜，在喧闹中款待来访的客人。其中的热情兴奋不言自明。祖父的书房和卧室都能望见一派绿意，应该是屋内养着花，园子里也长着花木，所以内外一片碧绿。最后两句写月华初上，阴雨绵绵，祖父拄着拐杖步履轻健，频频行至篱笆门处赏雨。

诗人为祖父这样健硕硬朗的身体和怡然自得的心境感到高兴。自己也深受感染，欣喜于农家喜庆祥和的氛围。

陈梦雷

陈梦雷（1650—?），字则震，号省斋，晚号松鹤老人，福建侯官（今福州市）人。康熙九年（1670年）弱冠举进士，选庶吉士，授翰林院编修。然时运不济，康熙十二年（1673年）回乡不久适遇“三藩之乱”，耿精忠据福建叛乱，被执，胁授伪官，梦雷称病不出。“三藩之乱”平定后，被诬受伪职，险遭不测。虽托病不出，然终究论罪，于康熙二十一年（1682年）流放尚阳堡为奴。居沈阳十七年，受到奉天府尹高尔俨及其继任者董秉忠的优礼。受命主持修纂《盛京通志》及指导各县修志。在沈期间梦雷曾设馆授徒，“诸公卿子弟执经问字者接踵。”康熙三十七年（1698年）康熙皇帝玄烨东巡，梦雷献诗称旨，释归京师。命侍皇三子诚郡王胤祉读书北园。主持编修内容空前丰富的大型类书《古今图书集成》（原名《汇编》）。当时康熙帝曾亲至其书斋中，书“松高枝叶茂，鹤老羽毛新”一联，梦雷因取松鹤二字名其斋。雍正帝继位后，打击政敌，梦雷被加罪名，以“招摇无忌，不法甚多，京师断不可留”。再次被举家流放，于康熙六十一年（1722年）至黑龙江卜魁（即齐齐哈尔），时年已七十三岁。后卒于戍所。梦雷精通文史，学问渊博。有《松鹤山房文集》二十卷、《松鹤山房诗集》九卷、《周易浅述》八卷、《闲止书堂集钞》二卷等。

东行口占三律[①]（三首选一）

慷慨休歌行路难，安排随地圣恩宽。
牛车未免烦田老，升斗依然仰大官。
瘦骨可堪边塞苦，敝裘宁耐朔风寒？
临歧不洒伤心泪[②]，忧国当年泪已干[③]。

（选自《松鹤山房诗集》卷4）

【注】

①口占，不用起草，随口吟成的诗。此诗作于康熙二十一年季春。

②临歧，即临别，指与亲友告别上路。

③“忧国”句，指当年“三藩之乱”时。泪，忧国忧民之泪。这句是表明坦荡心迹，对忠心难明，无辜遭遣，抒发不平之气。

【赏析】

该诗应是诗人生活中偶有所感，即兴而作的。

首句仿李白《行路难》而反用其意。李白是感慨仕途艰难，苦于无路可走。而诗人却无惧路难险阻，表现出历经苦难后的慷慨大气。首联道出圣恩宽厚，朝廷竟然在流放地给他安排了一个居所，对此诗人非常满足。领联诗人嘲讽自己老而无用。耕种要劳烦老农帮忙，衣食还要倚仗当地的长官发放。这虽然是诗人的自嘲，但读之更觉辛酸。

颈联的前后两句形成了鲜明的对比：瘦弱的身躯可以承受边塞生活的艰辛，但破败的衣衫不知能不能抵挡边塞彻骨的风寒？这两句诗指诗人不在乎前路的坎坷磨难，但却惧怕边塞天气的苦寒。由此可见，边塞的气候是多么恶劣！

尾联既是对送行友人的劝慰，也是暗喻自己对朝廷的一片赤诚。在这离别的路口，无须洒泪，因为泪水早已在当年身陷“三藩之乱”时流干。此句虽有对无辜遭遣的不平之气，但亦可见诗人看淡遭遇浮尘，内心坚定自守的胸怀。

丁卯孟夏云思草堂落成步黄叔威原韵（四首选一）

（其三）

谁信投荒日①，居犹帝里西②。
迁莺③依近树，巢燕宿新泥。
烟冷蘼芜迳④，风吹苜蓿畦④。
乡关惊旅梦，夜起待晨鸡。

【注】

①投荒，被迫或流放到荒远的地方。柳宗元《别舍弟宗一》诗：“一身去国六千里，万死投荒十二年。”

②帝里，皇帝住的地方，即京城。这里指留都沈阳。

③迁莺，即莺迁，旧时祝贺人仕途上进成迁居之辞。

④蘼芜，香草名，又名江蓠。古乐府《上山采蘼芜》诗，“上山采蘼芜，下山逢故夫。”写的是无辜而被遗弃的妇女之诗。这里是流放者自况。

⑤苜蓿，豆科植物名。多用作牧草。唐庚《除凤州教授》诗，“绛纱谅无有，苜蓿聊可嚼。”说的是生活贫困，以苜蔬为菜蔬。

【赏析】

此诗是诗人庆贺草堂落成而作，其中充满着悲喜交加的复杂情感。

诗的前四句与后四句形成鲜明对比，前四句写悲中之喜。首联诗人颇为欣喜地说虽然被流放边地，居然能荣幸地住在离京城不远的地方。新搬迁的居舍，几棵大树郁郁森森，引得燕子纷纷衔来新泥，到屋檐下筑巢。

后四句由喜转悲，写出流放生活的寒冷清贫和思乡难眠。颈联诗人以“蘼芜”暗喻自己被遗弃的遭遇。“苜蓿”，是较为低廉的菜蔬，暗示诗人流放生活的贫苦。尾联写在这边关的漫漫长夜里，诗人总会被噩梦惊醒，然后就再难入睡，索性披衣起床，等待天亮鸡鸣。

在这苦寒之地，诗人仍然保持着乐观的心境，但这种乐观也不过是诗人自我安慰之语，而思乡的孤寂凄苦才是长久而无法排解的愁绪。“宿新泥”“苜蓿畦”和“待晨鸡”构成了三组希望的意境，可见诗人对未来还是抱有憧憬的，始终相信苦难很快会过去。

留都十六景

南塔柳阴[1]

何处轻阴好，城南十里青。
迎春枝袅袅[2]，入夏影冥冥[3]。
雅爱微风舞，偏宜细雨零。
不堪频折取，离恨满长亭。

【注】

①南塔，在盛京城南五里，为盛京城郊四塔之一。崇德八年（1643年）一月开始兴建，顺治元年（1644年）六月建成。盛京城南至五里河（又名沈河、浑河）一带，当时河流水泊交错，遍植柳树，景色宜人。是清初沈阳的著名风景区，春夏秋三季吸引大量游人。本诗作于乙亥（1685年）孟秋。

②袅袅，纤长柔美的样子。

③冥冥，幽暗，阴暗的样子。

【赏析】

该诗是一首咏物诗，咏春夏之时南塔附近的明媚风光。

开篇点题，直接道出南塔柳阴郁郁葱葱、阴凉宜人。诗人采用拟人的手法，描写春夏两季柳树的不同风貌。春季柳树“枝袅袅”，说明柳枝纤细柔美；夏季柳树“影冥冥”，体现枝繁叶茂。

颈联两句，寓情于物，写尽柳枝随微风起舞的妙趣。一个“雅”字赋予了柳树品格，“爱”字为柳树注入了情怀。柳叶在细雨中凋零，在诗人眼中也有了唯美的感知，认为这很适宜。

诗尾两句笔锋一转，写到古人临别折柳赠友的习俗。睹物思人，诗人一时间难掩离愁别绪，也劝诫他人不要频繁折柳，以免陷入离别的哀伤之中。这两句正是“花开堪折直须折，莫待无花空折枝”二句的反用。可见诗人心思细腻、多情善思。

题心月上人精舍

壬戌季夏[①]

辽海冰霜地[②]，禅栖六月凉[③]。
披襟如不厌，挥麈意相忘[④]。
小槛风常静，幽房草自香。
未须呼秉烛[⑤]，佛日更舒长[⑥]。

【注】

①心月上人，是康熙二十年（1681年）前后因事流放沈阳地区的僧人。当时，鉴于在后金与明军长期激烈战争中产生过大量死难者，而且死者白骨遍地，因此曾率领门徒从事收骨之事。精舍，道士、僧人修炼居住之所。壬戌，康熙二十一年（1682年）。

②辽海，泛指辽河流域以东至海地区。

③禅栖，僧人栖息、居住。

④挥麈，挥动麈尾。

⑤秉烛，持烛照明。

⑥佛日，如日普照大地的佛法。舒长，舒展长久。

【赏析】

本诗咏心月上人修炼居住之所的超凡出尘，表达了对心月上人的崇敬和赞美。

这首诗充满禅思、禅意。开篇即营造了一种清凉的氛围，本来辽河流域就是寒冷之地，可高僧的精舍在炎热的六月竟然依旧阴凉似水，可以想见心月禅师的境界和修为。

颔联说禅师不在乎衣食和穿着，手握拂尘说法时，经常会达到物我两忘的境界。“披襟如不厌，挥麈意相忘。”此句可见禅师颇有颜回“一箪食，一瓢饮，在陋巷”的高洁操守。

颈联收回笔墨，集中描述禅师居处的细微景致。精舍的门槛小巧古朴，门外曲径通幽，寂静无风；禅房里陈设干净简朴，氤氲中淡淡的花草清香。真可谓是“清风拂两袖，无花香自来”。诗尾两句说即便到了夜晚，精舍也不需要烛光的照明，因为佛法的光辉比烛火的光照更明亮，更长久。

辽河即事限韵[①]

小艇渔竿溯晚风，蓼花深处漾晴空。
云屯远浦凌波暗，日映荒城倒影红。
浅水游鱼声拨剌[②]，长天飞雁字朦胧。
何年归钩龙江上[③]？烟雨迷离一箬篷[④]。

【注】

①辽河，我国东北地区南部大河，由东、西两辽河构成。东、西辽河在辽宁昌图古榆树汇合后始称辽河，下游入海。

②拨剌，象声词，鸟飞或鱼跃声。《聊斋志异 · 于子游》：“（大王）跃身入水，拨剌而去，乃知为鱼妖也。”

③龙江，在福建福清市南，距诗人故乡福州较近。

④箬篷，用箬叶编的船篷。以上两句是说：何时能够赦归，在烟雨迷茫中垂钓于龙江之上？

【赏析】

本诗咏辽河傍晚风光及思归之感。

“小艇渔竿溯晚风，蓼花深处漾晴空。”首联通过简练的意象铺排，勾勒出傍晚乘船垂钓的情景。一个“溯”字和“漾”字展现出诗人惬意自得的心情。

颔联两句对比鲜明，“云屯远浦”的静与“凌波”的动，“凌波”的暗与日影的“亮”，“云屯远浦”的远与“日映荒城”的近，皆极富变化。尤其用一个“屯”字来刻画云的姿态，以拟人化的手法，写出“云”与河水相接好像屯驻在那一样，极尽舒缓悠闲之态。“日映荒城倒影红”，傍晚的辽河朦胧昏暗，“倒影红”三字则凸显出落日的鲜红耀眼，让人眼前一亮。

“浅水游鱼声拨剌，长天飞雁字朦胧。”颈联又是一组画面对比，浅水与长天的高低对比，游鱼的自由与飞雁的有序对比，“声拨剌”与“字朦胧”的声影对比，三组对比写出了傍晚辽河动静相生的唯美境界。“声拨剌”语虽通俗，却写出游鱼的活泼，“字朦胧”描摹出大雁飞得高且有规则。可见诗人善于观察而又精于锤炼。

诗尾两句寄情于景，表达了余生泛舟江湖的心愿。“烟雨迷离一箬篷”，从这句看出，南方的烟雨在诗人心里不是惆怅的、孤独的，而是诗意的、浪漫的。诗人希望能早遇恩赦，回归乡土，享受烟雨迷蒙中悠闲垂钓的惬意人生。诗尾这两句当与李商隐“何当共剪西窗烛，却话巴山夜雨时”异曲同工，各尽其妙！

雨 后

好雨驱炎暑，僧房事事幽。
金炉香永日，竹簟气含秋①。
听梵尘嚣静②，抛书午梦悠③。
却憎窗外叶，滴动故乡愁④。

【注】

①竹簟，竹席。
②梵，这里指诵唱佛经的声音。
③悠，长。
④雨后树叶滴雨之声犹存，从而引起思乡之愁。

【赏析】

此诗咏雨后僧房的幽静及思乡之情。

诗人客居僧舍，正值一场好雨赶走夏日酷热，幽暗的僧房多了几分清爽。金炉燃香，让人心静神凝。坐在竹席上仿佛有了些许秋天的寒意。午后的诵经声如洪钟振响，涤除人心中的私心杂念。

诗人放下书卷悠然地进入睡梦。可雨水透过那窗外的树叶，滴答个不停，既扰乱了诗人的睡意，也勾起了诗人无尽的思乡愁绪。本来细雨就引人惆怅，再加上不绝于耳的滴答声，如何不叫人心烦意乱？诗尾的“憎”字是故作此语，诗人未必真的憎恨窗外的树叶，只不过强说此语来表现强烈的思乡情绪。“滴动”二字更是生动而精彩，比喻这乡愁好似水滴一样，一点一滴穿透了诗人的内心防线。

阿　金

阿金（生卒年不详），字云举。满洲镶白旗人，姓郭络罗氏。清康熙三十年（1691年）进士，官至检讨。康熙雍正之交遣戍黑龙江。有《培风堂集》。

满江红·寄龚之钥①

曾记君家，幽斋里，图书堆几。更惆怅津门杨柳，潞河烟水。一自离亭飞袂后，笑余头白从军矣。

又浮生匆匆十余年，吾颓耳。老骥志，空千里，烈士暮，壮心已。到而今输与少年豪气。指日龙沙尘扫尽，铭勋早勒燕然字。羡书生投笔取封侯，真儒事。

【注】

①龚之钥，生卒年不详，字景莱，号半帆主人，钱塘人，以佐幕为业。清雍正年间，曾两度在黑龙江、吉林等地游历，五十余岁卒。有《出塞录》，存诗词五十余首。从阿金此词分析，可以知道其与龚之钥两人曾是故交，在京津一带生活过。

【赏析】

这首词是诗人写给挚友龚之钥的，诗中充满对友人赞颂和敬佩之情。

上阕追忆两人昔日交往时的美好时光。幽雅静谧的书斋，几案上堆满了书籍图册。这就是书香门第、读书人家的情形。从中可见好友家世底蕴深厚、雅趣超俗卓绝。接下来诗人回忆津门的杨柳、薄雾笼罩的潞河，曾给二人带来诗意的想象，如今却是无限的离愁。下一句交代二人的分别情景，也描绘了自己“头白从军”的无奈可笑。“头白从军”应指诗人被流放边塞一事，将流放说成从军，实是诗人的自嘲之举。

下阕畅想友人的大好前途，充满着激励和祝福。浮生匆匆，十年后诗人已无老骥伏枥的志向和烈士暮年的壮心。而友人却是豪气依旧，诗人期待他随军扫平敌寇，建功立碑。诗人认为书生投笔从戎是文人共同的追求，能够建功封侯也是儒者最大的荣耀。话语中充满对好友的赞许与鼓舞，也可见两人惺惺相惜、异地同心的手足之情。

该词用语简洁而精炼，但情感真挚充沛。一句“指日龙沙尘扫尽，铭勋早勒燕然字”，表达了诗人对自由的渴望和对投笔从戎生活的向往。实在是以情致胜的佳作！

程　　烘

程烘(1746—1812)，字瑞屏，一字星华，号珂雪头陀。安徽天长人。乾隆四十四年（1779年）其父程树榴为其友人王沅《爱竹轩诗稿》作序，并出资刊印该书，因其序文中有“造物者之心愈老而愈辣，斯所操之术乃愈出而愈巧”之语而被仇人王廷赞告发，诬称此乃“隐喻讪谤”当今皇帝。乾隆帝阅程树榴序文，怒斥其“牢骚肆愤，怨谤上苍，实属丧尽天良。”（《清实录·高宗纯皇帝实录》）于是，程树榴被“律以大逆”而罹祸，其子程烘则在被关押了十几年后，于嘉庆二年（1797年）被遣戍齐齐哈尔。次年至戍所。在戍所，与刘凤诰、西清等人过从甚密，唱和很多。十七年（1812年）冬，卒于戍所。工诗文，有黑龙江省第一部戏剧集《龙沙剑传奇》。另有《珂雪集》及《瑞屏诗抄》。

题《龙沙剑传奇》后

江左词人程瑞屏，廿年书剑叹飘零。
凌虚雅爱神仙传，搜怪曾翻岳渎经①。
白马湖边荒故宅②，黑龙江上老奴星③。
宫商谱出清平调，好与周郎击节听④。

【注】

①渎（dú），轻慢，对人不恭敬。

②白马湖，地名，指诗人故乡。

③老奴星，道出了自己流放时的处境。

④周郎，指三国吴将周瑜。因其年少，故称。《三国志·吴志·周瑜传》："瑜时年二十四，吴中皆呼为周郎。"唐代杜牧《赤壁》诗："东风不与周郎便，铜雀春深锁二乔。"宋代苏轼《念奴娇·赤壁怀古》词："故垒西边，人道是，三国周郎赤壁。"

【赏析】

此诗是程煐完成《龙沙剑传奇》之后的自题诗。诗中叙述了自己的身世，创作的动机和形式。

《龙沙剑传奇》是一部戏剧集。这首诗虽题名《题〈龙沙剑传奇〉后》，但其实相当于序言。词人程瑞屏，生于江左；罹祸陷狱二十载，携书仗剑流边塞。首联是诗人的自我介绍，寥寥数语，便将自己勾勒成一个漂泊词人形象。

颔联说明《龙沙剑传奇》的起源和来历。因为自己喜爱搜神志怪，富于虚空幻想，故而在遍读古籍后创作此书。接下来介绍自己的生平经历和创作背景，家乡在白马湖边，而现在却流放黑龙江，是一个寄居于异域的"老奴星"。

末尾两句以"清平调"说明自己的作品是一部有曲有调的戏剧集，并化用"曲有误周郎顾"的典故，表明期待得遇知音，届时"抚掌击节"，共同唱和。

和金门少宰秋月望边韵

投荒仰企谪仙班①，怀古同吟秋塞间。
明月秦城恁地险②，大宁唐镇树天闲。
三边飞将老愈壮，十郡良家往不还。
楛矢由来消息断③，但惊枞伐震榆关④。

选自《龙江县志（民国）·艺文志》

【注】

①谪仙，指李白。唐代孟棨《本事诗·高逸》："李太白初自蜀至京师，舍于逆旅。贺监知章闻其名，首访之。既奇其姿，复请所为文。出《蜀道难》以示之。读未竟，称叹者数四，号为'谪仙'"。唐代韩愈《石鼓歌》："少陵无人谪仙死，才薄将奈石鼓何。"

②恁（nèn），那么，那样，如此，这样。

③楛（hù）矢，用楛木做杆的箭。

④枞（cōng），常绿乔木，木材供制器具，又可做建筑材料，亦称"冷杉"。枞伐，枞金伐鼓，指敲锣打鼓。榆关，泛指北方边塞。

【赏析】

这首诗是诗人与刘凤诰的唱和诗。

首联表明诗人与刘凤诰同命相怜，虽被贬谪边塞，却都景仰谪仙李白，如今也像李白一样望月怀远。接下来的两联巧妙化用王昌龄的出塞诗。颔联以明月起笔，描述了秦时的长城、唐时的边镇和明朝的大宁都司，世事变幻，不变的是天上的明月。既写出边地苦寒之感，又展现了边塞险峻却安定的环境。颈联写出了对精壮勇武的守边老将的钦佩，同时感慨军士戍守时间太久，难以还乡。诗尾两句描写战争形势带给人们的影响，亲人间难通音信，却日日惊骇于从关城传来的阵阵擂鼓声。

程煐的这首唱和诗，意境优美。诗人运用通俗的语言，丰富的想象，渲染了秋月望边这一特定的环境气氛，把读者带进一个月明人远、思深情长的意境，加上一个唱叹有神、悠然不尽的结尾，将壮士思乡、亲人思聚的情意，表现得非常委婉动人。"白兔捣药秋复春，嫦娥孤栖与谁邻？今人不见古时月，今月曾经照古人。"李白的《把酒问月》诗写出了秋月给人带来的孤独和寒冷。与程煐的这首诗相比，李白的这首诗更含蓄，更富于情韵。

古往今来，吟风赏月、月下孤吟的大多是一些人生失意之人。也许，人在得意时，享受更多的是太阳下花团锦簇、前呼后拥的绚烂；而在繁华落尽、失意孤独时，才知道明月暖人心。

刘 凤 诰

刘凤诰（1761—1830），字丞牧，号金门。江西萍乡人。生于乾隆二十六年（1761年），卒于道光十年（1830年），终年七十岁。乾隆五十四年（1789年）己酉科探花。先后提督广西、山东、浙江学政，任湖北、山东、江南乡试主考官，仕至兵部左侍郎、吏部右侍郎，赏加太子太保。嘉庆十四年（1809年）获罪充军伊犁，后改发齐齐哈尔，其间与满族学者西清交厚，十八年（1813年）赦归。道光元年（1821年），乞病归，后卒。曾参与纂修《高宗实录》，有《存悔斋集》《杜工部诗话》《五代史记注》传世。

秋日望边

长冈短垒戍楼横，三省屏番拱上京。
赐姓单于何部族①，移家捺钵此庐营②。
一江雾气蒸龙气，四里风声杂雁声。
百二年前开幕府，防秋底用筑金城③。

【注】

①单于（chán yú），汉时匈奴君长的称号。《史记·匈奴列传》："匈奴单于曰头曼。"裴骃集解："单于者，广大之貌，言其象天单于然。"

②钵（bō），洗涤或盛放东西的陶制器具。

③此二句写齐齐哈尔建城的历史和建城的功用。

【赏析】

此诗介绍齐齐哈尔城的地理位置和建城历史。

首联直接点明齐齐哈尔城地理位置的独特性。齐齐哈尔城是作为护卫京城和吉林、辽宁和直隶三个省的屏障，战略位置重要，城内满目所及的是连绵的山岗、短墙和戍守岗楼。领联诗人提出疑问，不知道此地在古代是哪个部落首领的领地，整个部族搬迁到这里安营驻扎后就此延续下来。"捺钵"是契丹语，意为行帐、营盘。

颈联宕开笔墨，集中描写齐齐哈尔城的独特风貌。江面上雾气弥漫，好像地脉中的龙气蒸腾出来了；风声阵阵，雁过哀鸣，整个边城笼罩在苍凉的秋气之中。最后两句阐明齐齐哈尔城兴建于一百二十年前，建城的目的是防御秋季犯边的外族敌寇。

此诗笔墨厚重，气势大开大合，既有风物的描摹，也有知识的介绍，可见诗人的恢宏气度和不凡格局。

归 途

春到南天雪不飞，关山落落壮心违。
久无雁过书难得，五见梅开客始归。
老屋杉篁寒色健①，故园菘芥晚烟肥②。

还乡富贵惭何有，且试斑斓莱子衣③。

【注】

①篁，竹林，泛指竹子。

②菘（sōng），“菘菜”，即白菜。

③斑斓，色彩错杂灿烂的样子。

【赏析】

此时写于嘉庆十八年（1813年）诗人赦归返乡途中。

首联写出南北方气候风物的差异。南方的春天早就不飘雪了，也没有连绵的山峰和雄伟的关城，自然也很难激起人们壮阔的胸襟。颔联是从家人的角度来说的。自从诗人离家北上后，很少寄回报平安的书信，梅花开了五次也就是过了五年才见诗人归来。

久别归家，自然要细细地看一看曾经的家园，颈联写的便是诗人归家后所见：老屋前的杉树和竹子还似以前那样葱郁翠绿，园子里的白菜和芥菜都像傍晚的炊烟一样肥厚。几年离索，物是人如旧，这怎能不让人喜出望外！

第七句正话反说，本来是惭愧自己没有财富馈赠亲友，其实却与孔子说的“何陋之有”一样，是自得于贫贱。末尾一句借用老莱子彩服戏亲的典故，暗喻自己要隐居林泉，不问世事，安逸潇洒地度过余生。

刘凤诰的诗作善于借用具体的景物来抒发情感，情致深蕴是其诗歌的显著特征。无论感时、抒怀、咏物诸作，莫不渗透着诗人的真情实感，具有一唱三叹的韵味。

朱 履 中

朱履中（1759—?），字玉堂，浙江海盐人，乾隆年间曾居住北京，嘉庆二年(1797年)刊刻《淡巴菰百咏》一书，曾任福建漳州和平县、龙溪县县令。在任龙溪县县令期间，他与时任漳州府尹的李赓芸发生矛盾，被降为教谕(学官名，掌文庙祭祀，教育所属生员)。1817年，被遣戍齐齐哈尔，后被吉林将军富俊聘至吉林，主讲吉林之白山书院。道光元年（1821年）赦归。归后，“年近八十，犹著书不辍”。有《叶韵考正》与《龙江百五钞》。

龙江百五钞（其一）

至齐齐哈尔

自别天南岁已更，八千里路客心惊。
此行为我添诗料，下马齐齐哈尔城。
福建至卜魁，计八千余里。

【赏析】

本组诗写于嘉庆二十三年（1818年），而此诗系咏诗人自福建流放至卜魁八千余里路途之感受。从福建到齐齐哈尔，约3 070公里。此处的“八千里”是虚指，寓意路途遥远。

全诗语言通俗，诗意直白易懂。离开家乡福建已经有一年多了，风霜雨雪，风餐露宿，行路的艰难让诗人每一步都心惊胆战。到达齐齐哈尔城后，诗人乐观地宣称：这次流放之路上的经历和见闻，必将为创作增添诗料。

此诗是众多流人诗中颇具幽默色彩的一首，“八千里”的流放之地，普通人早已是捶胸顿足，悲不自胜，但诗人却自我调侃，认为这次流放的经历会成为其日后的创作素材。万里之遥流放路，在诗人笔下不过弹指一挥，可见诗人的豪壮洒脱。

英　　和

英和（1771—1840），初名石桐，字树琴，一字定圃，号煦斋，索绰络氏，满洲正白旗人。清朝大臣、书法家。礼部尚书德保之子。英和少有俊才，权臣和珅欲召之为婿，德保不准。乾隆五十八年(1793年）癸丑科二甲进士，选庶吉士，散馆后授编修。官至军机大臣，户部尚书，协办大学士，加太子太保衔。道光七年(1827年）因“家人私议增租”被降职，外放热河都统。次年，授宁夏将军，以病为由请求解职，获得批准。不久，因之前监修的宣宗陵寝地宫浸水，被重责，本拟处死，幸有太后说情，改发配齐齐哈尔，子孙也一并革职。道光十一年(1831年）被释回，子孙复官。道光二十年(1840年）卒，赠三品卿衔。英和工诗文，善书法，著有《恩福堂笔记》《恩庆堂集》《卜魁集纪略》等。

东郊闲游

九月未披裘，人言异往秋。
蔬苗三亩碧，木叶一林稠。
望远时穷目，寻诗天尽头。
东阡多丙舍①，直作画中游②。

【注】

①阡，田间小路。丙舍，本指在墓地的房屋，后来则指停放灵柩的房屋。

②“直作”句，显示了诗人的乐天旷达。

【赏析】

本诗作于道光九年（1829年）九月，咏诗人在卜魁城东郊闲游时之所见。

首联直接交代了时令、地点等因素。人们都说今年秋天比往年的秋天暖和，到了九月份人们还没披裘，田里稀稀疏疏的麦苗依然碧绿青翠，本该掉落殆尽的秋叶依旧茂密繁盛。秋色醉人，诗人禁不住极目远眺，努力去寻找天之尽头，却无意间看到东面田间小路上鳞次栉比的墓室。对此，诗人洒脱地表示：全当是在画中徜徉旅游了一番吧！

一般人忌言坟墓，而诗人却将东阡鳞次栉比的墓室看作风光如画，可见诗人的乐天旷达。

新　草

阶下几茎草，离离青未匀①。
池塘空有梦②，边徼忽惊春③。
时不遗微物④，天原育至仁⑤。
待看平野遍，访旧动双轮⑥。

【注】

①离离，纷披繁盛貌。匀，均匀。

②池塘，相传南朝诗人谢灵运极赞赏从弟惠连，云：“每有篇章，对惠连辄得佳句。”一天思诗，不就，忽梦见惠连，即得名句“池塘生春草，园柳变鸣禽”。

③边徼（jiào），边塞，边地。

④时，指季节。遗，遗漏。微物，微小之物，指小草。

⑤天原，上天的根本。仁，古代一种含义广泛的道德观念。核心指人与人相亲，爱人。

⑥旧，这里指故人，朋友。双轮，指马车。

【赏析】

此诗作于道光十年（1830年）春，咏台阶下新生出的小草。

首联诗人以细腻的笔触，为我们勾勒了一幅春草图。台阶下新长了几丛嫩绿的青草，草色几处青翠几处碧绿，虽长势繁茂，但颜色不尽相同。颔联诗人借用典故，自谦愚钝无才，即使在梦中无法写出谢灵运那样的佳句，但却通过阶前青草惊喜地发现了边塞迟来的春天。对此，诗人感慨道：上天对于万物的生长都是一视同仁的，即使微弱如小草，也终会在雨露恩泽之中长成绿茵。尾联诗人兴之所至，打算欣赏完春景后，坐着马车再去拜访友人。

诗人由阶前草色窥见整个春天，对于自然和生命的哲理性思考，使得本诗的立意更上一层楼。

“时不遗微物，天原育至仁”，英和的感慨包含双重主题，既慨叹新草生命力的坚韧和顽强，又折服于大自然慷慨的馈赠和公平。自然对于每个人都是公平的，它不会因为你的形象和财富来展现不同的景致，因此每个人都应该用虔诚的心去欣赏大自然的美丽。自然的美妙，在于它从不取悦外界，只是自然而然地存在，同样也会自然而然地消失。生活也是如此，它不会因为我们的抱怨或者愤恨而改变。如果衣食富足，我们就好好地珍惜；如果生活困顿，我们就努力地工作并试图改变。

放下焦虑，淡然一些，因为“时不遗微物，天原育至仁”。

雪中见纸鸢[①]

入得青云耐得寒，临风不惜湿飞翰[②]。
为凫为雁都成幻[③]，徒博儿童举首看。

【注】

①纸鸢，风筝之一种，俗称鹞子。用细竹为骨，粘以薄绢或纸，作鸢形，斜缀线，

可引线乘风而上。

②飞翰，飞舞的鸟羽。

③凫，野鸭。

【赏析】

此诗写于道光十一年（1831年）二月，是咏卜魁风筝之作。

首联诗人把纸鸢想象成展翅高飞的鸟儿，称赞纸鸢能够翱翔九天忍受严寒的勇敢，更佩服它不惜直面风雨打湿羽毛的无畏。但接下来诗人对于纸鸢终究只是纸鸢感到失望，“为凫为雁都成幻”，即使飞得再高再远也只是虚幻。纸鸢既非野鸭，也非大雁，不能寄托游人情思，不能传递信笺，只能博得儿童抬头观赏。

与“凫”相比，纸鸢能入青云能耐寒；与雁相较，纸鸢不惧风来不惜残，如此刚劲的纸鸢最后的结局竟是空幻，何其悲凉！这何尝不是诗人对自我命运的一种自嘲。

春　　深

郭外稀逢春①，春深未见花。
负暄思丽日，耸听有惊沙。
书卷寻多味，人声静不哗②。
吟余喉吻燥，江水自煎茶。

【注】

①郭，城外围着城的墙，借指城。

②哗，人多声杂，乱吵。

【赏析】

此诗是诗人居卜魁生活安顿之后创作的。

这首《春深》，为读者描绘了一个极为悠闲的世界。首联两句讲述了塞外春天的特殊生态。“郭外稀逢春”，一个“稀”字，道出了边地苦难、难见春天的遗憾。因此，即使在春深之时，也看不到花的绽放。颔联承接首联，道出流放地阴晦多风的天气，想见到阳光都不容易，满耳听的皆是漫卷黄沙，风刮枯木的声音。

边塞的气候虽酷寒无常，但诗人却仍然不废诗书，日日吟诵。神思疲倦、口干舌燥之时，便会盛来江水，悠然自得地煎茶自饮。结尾两句显然在效仿陶渊明那种安然自立的姿态，但他与陶渊明有所不同，他没有属于自己的田园。因此，这种“安然”会让人感觉不自在。

英和与陶渊明有一点相同之处就是，他也能够在热闹的“人境”之中，主动对自己做边缘化的处理。于是，在陶渊明的笔下有了“心远地自偏”，英和那里也就有了“人声静不哗”，体现了英和对那种高远心境的追求。其实，对边塞流人而言，这种“追求”何尝不是一种无奈?

《春深》这首诗，让我们听到了诗人笔下稀春的卜奎，那阵阵惊沙的嘶鸣和诗人在静读之时，心中颇不平静的鼎沸人声。

深夜听雨

白屋雨声清①，披衣坐四更。
心神何澹定②，点滴亦分明。
喜助花苗长，占期穑事成③。
晴佳来日里，光照卜魁城。

【注】

①白屋，用茅草覆盖的屋。旧亦指没有做官的读书人住的屋。

②澹定，恬静、安定。

③占（zhān），预期、预测。期，希望。

【赏析】

首联形象可感。四更时分，夜深人静，雨声淅淅沥沥地从茅草屋顶滴落在地上，诗人披着衣服端坐在屋里，听着窗外雨声的滴答声，心中平静安详。

后四句是诗人对雨后生活的美好畅想。得到雨露的滋润，禾苗、花木都能尽情地生长，诗人期待着农物丰收。诗人相信，来日天气转晴，卜魁城依旧会阳光灿烂，欣欣向荣。

诗人雨夜抒怀，表达了对雨润万物的喜悦和对粮食丰收的期待。

此诗与杜甫的《春夜喜雨》都是歌咏“夜雨”，两诗皆表达了诗人对雨水降临滋润万物的喜悦之情，也道出了诗人对田园生活的喜爱和满足。不同之处在于，杜甫笔下的“雨”更为灵动活泼，也更具有美感；而英和笔下的“雨”更为温暖沉静，更具实用性。毕竟两人创作时的处境、心态截然不同，前者为温饱而奔忙；后者则为吃饱而劳作。

雪 中 行

无边平野阔，一色寒光铺。
风絮眩银海①，身世悬冰壶。
客车虽命驾，我仆难奔趋。
既闻茧生足②，复见粟起肤③。
收鞭跨短辕，缓辔寻长途④。
卅里遇茅店，片刻围柴垆⑤。

【注】

①眩（xuàn），眼花。
②茧生足，足底磨出茧子。
③粟（sù），一年生草本植物，子实为圆形或椭圆小粒，这里指天寒，皮肤起疹。
④辔（pèi），驾驭牲口的嚼子和缰绳。
⑤垆（lú），旧时酒店里安放酒瓮的土台子，亦指酒店。

【赏析】

此诗记录了诗人逆风雪赶路、饱受饥寒的艰苦旅程。

开头四句描写了诗人在大雪封路时行走的艰难。无边无际的平原辽阔无垠，皑皑白雪如地毯一般铺在平原上。空中大雪纷飞，地面上积雪盈尺，雪中行走的艰难累的诗人几乎要眩晕在雪地里。眼前的窘况让诗人不由得想到自己身世浮沉、命运多舛的过往。

“客车”四句皆为细节描写，进一步反衬行路的艰难。虽然车夫一再抽动皮鞭，让马儿前进，但诗人却在雪地里接连摔倒，追不上马车的速度。长日的奔趋，使诗人脚底生茧，皮肤起了寒疹。

既然雪大难行，众人只好收了缰绳，让车马慢行。一行人行走了三十里才找到一处茅店，备受风雪折磨的行人都围坐在炉边，享受短暂的休息。诗尾一句中的“卅”字，道出了边塞地区空旷荒凉和人烟稀少。

在清代黑龙江流人中，英和的官职是最高的。他官至军机大臣，户部尚书，协办大学士，加太子太保衔，可即便官高至此也难免在一夕间身陷囹圄。“客车虽命驾，我仆难奔趋。”这一句诗萦绕在我们脑海，久久不能忘却。车夫不停地挥动马鞭，驱赶车马，但风雪肆虐令诗人接连摔倒。“奔趋”二字道出了诗人只能徒步行走而不能乘坐车马的窘境。“茧生足”“粟起肤”，使得境况之“囧”更深一层。即便落魄至此，流人们依然能够做到“身世悬冰壶”。保持品质的高洁，以苦为乐，笔耕不辍，用诗歌和创作记录流放生涯的点点滴滴。这便是流人精神最可贵的地方。

对于此点，余秋雨在《宁古塔》中做了如下论述，吾深以为然。

“部分文人之所以能在流放的苦难中显现人性、创建文明，本源于他们内心的高贵。他们的外部身份可以一变再变，甚至终身陷于囹圄，但内心的高贵却未曾全然销蚀。凭着这种高贵，人们可以在生死存亡线的边缘上吟诗作赋，可以用自己的一点温暖去化开别人心头的冰雪，继而可以用屈辱之身去点燃文明的火种。”

晓行茂兴站①

翻墨阴云顶上遮②，东方依旧灿金霞。
野花也识归人意，含笑先开送别花。

【注】

①茂兴，驿站名。是清代贯穿黑龙江之瑷珲至茂兴驿站的终点站，在伯都讷（今松原市宁江区）松花江之对岸。过此驿站，则为今吉林省境。

②翻墨，墨汁翻转。遮，覆盖。此句形容阴云有如打翻的墨汁，遮盖在头顶上。

【赏析】

道光十一年（1831年）三月诗人被赦归。此诗即诗人归途行经茂兴站时所作。

首句写诗人归乡途经茂兴站时的气象：天空阴云密布，天色昏暗低沉，但是向东方看去却是霞光漫天、金光闪闪。首联用对比的方式，暗示出诗人命运的转折。艰难痛苦的日子终于成为过去，阳光灿烂的明天即将到来。得知诗人遇赦南归，就连路边的小野花都明白了人的心意，绽放出笑容为诗人送别。后两句小野花意象的描写，进一步反衬诗人轻松欢快的心情。

全诗以轻松欢快的基调，表达了诗人被赦归乡的喜悦之情，寓情于景，情景交融，实乃佳作。

贵　　庆

贵庆（生卒年不详），字月山、云白，又字云西，号梦萸，富察氏。隶满洲镶白旗，清朝大臣。嘉庆四年（1799年）己未科三甲进士。选翰林院庶吉士，散馆授检讨。二十三年（1818年）以“擅行御道，殴缚防御”被革职遣戍齐齐哈尔。二十五年（1820年）十一月赦归，后任至漕运总督。道光十六年（1836年），任清朝礼部尚书，赐紫禁城内骑马，后病免。著《知了义斋诗钞》全一册，内含：《闾山纪游诗》《醉石龛即事诗》《镜心堂七言律诗》《绮语旧作》四部分。

山　海　关

吏报关开马亦惊，连连譬腻与云平。
群山尚作窥边势，大海难销出塞声。
李绩谬称唐保障，蒙恬真为汉经营①。
请看何代如今日，二百年来一洗兵。

【注】

①蒙恬（méng tián），秦将。始皇时领兵三十万北逐匈奴，修筑万里长城。

【赏析】

此诗对山海关的史迹进行评议，抒发了诗人对大清一统的自豪感。山海关被称为天下第一关，是护卫京城，连接冀辽的屏障，历朝历代都是重要军事重镇和战略要地，也是兵家必争之地。

“吏报关开马亦惊”，诗的第一句就描述了山海关与其他关隘的不同之处，每天清晨专门有小吏宣布开关门，由此可知山海关是个大关口。“马受惊”可能是因为开门声音大或者小吏高喊所致，进一步反衬山海关的巍峨壮观。

接下来介绍山海关的地形优势。山海关地势开阔，兵士浩浩荡荡出关的声音响彻山谷，即便大海的波涛声也不能抵消。关口四周群山起伏，高大的城楼几乎与天上的白云比肩，而如此高耸的地貌，正好可以观察四方边境的动向。

颈联诗人借古抒怀，发表了自己独到的见解。诗人认为李绩算不上唐朝的国防保障（可能是认为他没有为修筑长城、抵御外侵做过贡献），蒙恬才是真将军，因为他为汉朝的江山稳固做出了不可磨灭的贡献。尾联抒发了诗人对清朝一统的自豪感，侧面肯定了清政府在边关防卫上做出的不朽功绩。

抵齐齐哈尔城（其一）

飞鸟盘旋斗大城，蚩尤高卷画旗轻①。
霜痕初满日无色，风势未来天有声。
屠狗卖浆从跌宕，恩牛怨李莫分明②。

寒江一似知人意，眼看狂澜逐渐平。

【注】

①蚩尤（chī yóu），传说中的古代九黎族首领。以金作兵器，与黄帝战于涿鹿，失败被杀。但古籍所载，说法不一。这里指雾或兵气。

②“恩牛”句，指唐代牛僧孺、李宗闵。他们各结朋党而生恩怨。此处隐喻诗人对获罪因同的不平。

【赏析】

这首诗写诗人初抵齐齐哈尔城后所见。

首句“飞鸟盘旋斗大城”，“斗大”，对大的事物言其小，说明齐齐哈尔城是座小城。“飞鸟盘旋”也给人一种遮天蔽日的气势。整座城池霜雾弥漫，不见日光，风还未至便已听到天边呼啸的声音。城内武备森严，旌旗随风漫卷，彰显出威严的气势。

颈联写诗人对景伤情的诗意和落寞。从现在起，就要和那些屠狗卖浆的人混迹于一处，而自己却尚不明白究竟是因为得罪了哪派势力而获罪。诗人心中的彷徨、委屈可想而知。

“寒江一似知人意，眼看狂澜逐渐平。”尾联这两句是诗人的自我疗慰之语。寒江好像明白人的心意一样，由一开始的风高浪急逐渐变得风平浪静。那么，人的命运也终会像江水一样，在历经波折起伏后归于平静。很显然，寒江是不能知晓人意的，这只是诗人的一厢情愿而已。毕竟人总要有一些自我适应、自我调节的方法。

入山海关口占七绝（四首选一）

一路青山送落晖，千林黄叶正纷飞。
闲吟不觉风尘苦，西望关门缓缓归。
和戎议定戍边城[①]，白首聊为万里行。
今日归来关市喜，无人不识旧官名[②]。

【注】

①和戎，古代称与别族媾和修好为“和戎”。此谓天津教案后，清政府派崇厚去法国致歉，而诗人因罪被遣戍之事。

②获释归来，所有的人都还认识他。

【赏析】

此诗系诗人同治十一年（1872年）自齐齐哈尔被赦归，入山海关时所作。

唐代王绩的《野望》有“树树皆秋色，山山唯落晖”之句，正与本诗一二句相似。而本诗与王诗不同之处在于本诗的景色皆是动态的，诗人一路走来，青山都在远送落日，树木都落叶纷飞。而这也正好反衬出诗人遇赦南归、激情满怀的喜悦心情。

一路的颠簸与风尘，诗人不觉悲愁，不嫌苦闷。因为他向西望着山海关，马上就可以入关归乡了。“西望关门缓缓归”，“缓缓”二字表现出赦免南归的悠闲得意。颈联交代了一下自己获罪戍边的原因。天津教案后，清政府派崇厚去法国致歉，而诗人却被治罪流放。

尾联写出了诗人入关后的两件可喜之事。一喜山海关集市热闹繁华，二喜当地人竟然都认识他，说得出他的官职。可见他在官民中有一定的声望和影响。

龚　宝

龚宝（1798? —1806?），小名宝宝，江苏阳湖（今常州市）人，诗人龚光瓒之子。光瓒字药林，嘉庆初年（1796年）以事遣戍齐齐哈尔，十一年（1806年）赦归。龚宝乃龚光瓒妾室所生之子。龚宝生而聪慧嗜读书，七岁能说《易》大义。将军那启泰多次命仆人负宝宝入府中说经，一时有神童之称。约嘉庆十一年（1806年）之重阳节，口吟《红豆山房》一诗，越数日竟殇，时年九岁。

红豆山房①

秋光凝白露，寒影入黄花②。
红豆山房里③，江南处士家④。

【注】

①红豆山房，此房在齐齐哈尔城东南隅。嘉庆时，侍郎保泰曾居之。保泰去后，赠龚光瓒。院中有野草一丛，其实如红豆，银库主事西清命名为“红豆山房”。嘉庆二十二年（1817年）朱履中遣戍齐齐哈尔，有诗咏之。

②黄花，菊花。

③红豆，可能指当地野生的一种浆果。

④江南处士，指龚光瓒。

【赏析】

本诗咏齐齐哈尔红豆山房的秋日景色。

这首诗言简意丰，韵味无穷。首句的“秋光”当指秋季的月光，月光如水，白露凝结在花朵上，月亮的影子映在菊花上。“秋光”“白露”和“黄花”，这些意象皆给人一种清凉之感，但都象征着高洁。诗人如此描写，是为了烘托出清冷悠然的意境，为下文描写人品之高洁做铺垫。

三四句直接点明了全诗主旨：如此雅致之所，原来江南处士（此处指龚宝之父龚光瓒）的家啊！这两句既介绍了诗人一家的来历，也表现了其父高洁的品德与渊博的学问。

龚宝是一位早慧的神童，可惜天不假年，过早离世。诗人的生命虽然短暂，却为后人留下了光耀千古的佳作，值得后人纪念。

胡　昌　愈

胡昌愈（生卒年不详），字汝臣。湖南清泉（今衡阳市）人。工诗，张光藻曾以“衡湘钟毓楚南才”誉之。曾参湖南总兵官罗章才之军，帮办营务。同治八年（1869年）五月，罗章才以“约束勇丁不严”被革职遣戍黑龙江。昌愈也牵连遣戍齐齐哈尔，十二年（1873年）正月被赦归。有《关东杂述》。这部诗稿以竹枝词的形式，将自己赴戍、戍所及归途所见所闻记之于诗，反映了东北，尤其是黑龙江历史、地理、民风、土俗、物产等。

三九苦寒①

三九逢时最苦寒，围炉坚坐出门难。
偶然唾向风前散，落地好如珠走盘。

【注】

①此诗咏三九苦寒，唾液成冰。

【赏析】

东北地区以寒冷著称，漫长的冬季“三九”“四九”气温最低。这首诗描述的就是齐齐哈尔“三九”天的严寒。

全诗语言简单，通俗易懂。首句诗人在“寒”字前加一个“苦”字，使三九之“寒”更近一层。三九天，人们躲在屋里围炉而坐，不愿走动，更不敢出门。“围炉坚坐出门难。”一个“坚”字写出了人们对寒冷的恐惧，使三九之“寒”又深一层。

接下来，诗人举“唾液成冰”的例子，虽通俗但不失文人雅致。诗人说，三九天，如果顺着风吐一口唾沫，落到地面的会是晶莹剔透的冰珠。这一说法虽然略显夸张，却更加形象地印证了三九天的寒冷，使得三九之“寒”再进一层。

此诗虽然简单明了，但诗人的构思却颇具匠心，诗中的举例也颇为有趣，可以看出诗人虽历经苦难但仍不失孩童情怀。

张 光 藻

张光藻（1813—?），字翰泉，安徽广德人。清咸丰六年（1856年）进士，历任河北曲周、望都、寂县、邢台等县知县，正定府知府。同治九年（1870年）三月任天津知府。同年秋以天津教案爆发时，“不能设法防范”等罪名，被遣戍齐齐哈尔，两年后获释归里。他以诗抒怀，写诗三百余首，归里后，辑成《北戍草》。作者自序云：“平时不作诗，而此时始学为诗者，遇使然也；平时诗无一存，而此诗独刊而存之者，意有在也!”读此可以知其寓意。

入黑龙江境

百里无人断午烟，荒原一望杳无边。
行来白草黄沙地，正是严霜朔雪天[①]。
海日孤悬岩壑冷，江冰横踏马蹄坚。
回看千里黄龙府[②]，犹觉长安在眼前[③]。

【注】

①诗人十月出都，过铁岭不久值冬至日，至初入黑龙江境时当为十二月，时值严寒，故云“严霜朔雪”。

②黄龙府，府名。契丹置。治所在今吉林省农安。

③长安，我国古都之一（今陕西西安）。西汉、隋、唐皆建都于此，故唐以后常通称国都为长安。诗中指京师（今北京市）。

【赏析】

同治九年（1870年）十月诗人出塞，这是其初入黑龙江境时所作之诗。

前三联皆是环境描写，描述的都是诗人初抵黑龙江时看到的景象。首联侧重写远望之景，突出一个“广”字。百里路程没有看到任何人烟，目之所及，皆是被黄沙和白雪掩盖的荒原。贫瘠的原野一望无际，一直延伸到天的尽头。

颔联、颈联集中写眼前景象，突出一个“寒”字。此时正值寒冷腊月，是黑龙江最冷的季节。太阳孤零零地挂在天上，没有一丝温暖之气，就连岩石沙砾都散发着彻骨的寒气。江面冻结，冰层的厚度足够让马车在上面来回奔走。

尾联“千里”一词，写出诗人对京师的怀念之情。黄龙府距黑龙江已有“千里”之远，而京师比黄龙府更为遥远，但诗人却说京师仿佛是在眼前，对京师的思念之情跃然纸上。

在清代黑龙江流人中，张光藻是最无辜的一位。同治九年（1870年）三月张光藻任天津知府。同年秋天津教案爆发，张光藻以“不能设法防范”等罪名，被遣戍齐齐哈尔。初抵黑龙江境内，抬望眼，满目苍凉，诗人悲从中来，写此佳作。整首诗歌弥漫着萧索无望的氛围，略显消极。转念一想，这也正常。在这风雪漫天、寒冰盈尺的荒凉北疆，对每一个自南而北的流人而言，哪一个不是一步三回头，满怀辛酸泪啊！

春分日口占

花未含苞柳未芽，二分春色在谁家①。
东风不解门前冻②，吹起边城万丈沙。

【注】

①二分，古代谓春分、秋分为二分。诗中指春分。春色，春天的景色。
②不解，没有融化。

【赏析】

本诗写于同治十年（1871年）春分日（即二月初一日），是诗人的即兴之作。咏塞外春来之迟。

首句以诗人的疑问开端，春天的景色在哪里呢？已至春分，边塞仍未见春的影子，花儿尚未含苞，柳枝也未抽芽。后两句用责备的语气，将春风拟人化，埋怨它不吹来暖风融化门前的冰雪，反倒跑到边城扬起漫天的沙石。

本诗信笔写来，不假雕饰。虽有些许抱怨但却并不消极，表现了诗人宽广豁达的胸襟。

行　路　难

历尽冰霜苦，方知行路难。
无风肌欲裂，见雪骨生寒。
边塞身初到，荒江水更宽。
关山千里外，回首望长安。

【赏析】

这首诗写诗人初到塞外时的切身感受。

首联语言直言，含义深沉。只有经历过彻骨寒冷的人，才知道行路的艰难。颔联紧承首联，运用细节描绘行走在酷寒中的感受。有风的时候酷寒难耐，可没有风的日子，寒冷更加肆无忌惮地奔腾着，侵扰着，像刀在割裂皮肤一样。“肌欲裂”“骨生寒”两词，真可谓写尽寒冷。尾联两句表达了诗人心系朝堂，心念家乡的感情。诗人尽管行走在冰雪阻隔的边塞，心却朝着故都，朝着家园。

“欲渡黄河冰塞川，将登太行雪满山”，借行路之难喻仕途之坎坷，李白的一首《行路难》享誉古今。而张光藻的这首《行路难》，是真正的行路艰难啊！黑龙江冬季的寒冷，没有亲身体验过的人是根本无法想象的。有风的日子冷，无风的日子更冷。吴兆骞在家书中写道：“宁古寒苦天下所无，自春初到四月中旬，大风如雷鸣电激咫尺皆迷，五月至七月阴雨接连，八月中旬即下大雪，九月初河水尽冻。雪才到地即成坚冰，一望千里皆茫茫白雪。”宁古塔的酷寒和恶劣的生活条件，曾令多少流人望而生畏。

时至今日，当那些苦难已随风而逝，我们再次凝望宁古塔，流人们带来的灿烂文化已和黑龙江黑土地上的文明深深融合，不断创造着新的历史奇迹。

中秋夜对月偶成

似泻银河洗碧天，清光万里净无烟。
人间行乐同元夜①，秋色平分又一年。
玉镜照来关塞外，冰轮涌出海云边②。
当头悟得盈亏理，岁岁今宵月倍圆。

【注】

①元夜，即元宵。宋代欧阳修《生查子·元夕》词：“去年元夜时，花市灯如昼。”元代杨奂《录汴梁宫人语》诗：“岁岁逢元夜，金娥闹簇巾。”

②冰轮，指明月。唐代王初《银河》诗：“历历素榆飘玉叶，涓涓清月湿冰轮。”宋代苏轼《宿九仙山》诗：“夜半老僧呼客起，云峰缺处涌冰轮。”

【赏析】

这首诗把边塞月圆人清的意境表达得淋漓尽致。

首联描绘中秋夜色，突出“静谧”之美。皓月当空，朦胧的月色好像银河一般一泻千里，将整片天空洗得干净透彻。晴空万里无云，只有皎月散发着的寒光。

颔联依然是描写中秋月夜，强调“动态”之美。月亮从云层后面悄悄升起，将清凉的月色洒向塞外大地。秋色渐深，转眼又到中秋节。千家万户都像庆祝元宵节一样，热热闹闹地欢聚一堂，共庆中秋。“玉镜”“冰轮”，此处皆指月亮。

尾联诗人即景生情，抒发哲理感悟。月有阴晴圆缺，人也该有聚有散，只是每年中秋月亮都会格外明亮，吸引着羁旅在外的游子越发思念亲人和家乡。

流放塞外，中秋夜未能与家人团聚。此刻，面对一轮明月，诗人心潮起伏，挥笔写下此篇。此诗总体上是一种情怀寥落的秋的吟咏，读来却并不缺乏“触处生春”、引人向上的韵致。

在大自然的景物中，月亮是很有浪漫色彩的，很容易启发人们的艺术联想。一钩新月，可联想到初生的事物；一轮满月，可联想到美好的生活。在月亮这一意象上集中了人类无限美好的憧憬和理想。流放的岁月，是血和泪交融的日子。在这样的日子里，宁古塔流人最幸福的，就是一人独处，在一泻如银的月下去默默地思念故乡，思念那些曾经或璀璨，或温暖，或伤心的过往，让千疮百孔的心在思乡的情感中慢慢疗慰。抬头望着边疆的明月，凄凉复凄凉；低头回想家乡的明月，圆满又澄澈。

雨后自温托河站晓行过蒙古杜尔伯特境①

鸡声催客起，侵晓向南征②。
风转黑云散，雨收红日明。
草肥知土活，野旷少人耕。
自古牛羊地③，无须五谷生。

【注】

①温托河站，是清代自齐齐哈尔通往茂兴站的第二站，在齐齐哈尔西南六十五公里。杜尔伯特，原哲里木盟的一部，今为黑龙江省杜尔伯特蒙古族自治县。温托河站一带为杜尔伯特蒙古游牧地区。

②侵晓，破晓。南征，南行。

③牛羊地，指游牧地区。

【赏析】

这是诗人于同治十二年（1873年）秋自黑龙江赦归途中，行经温托河驿站时所作之诗。诗咏该地云散日明、草肥土沃、野旷人稀的苍莽景象。

首联中“鸡声”“侵晓”写出了诗人行路之早，也表现出诗人的归心似箭。声声鸡鸣，催促诗人起床上路，破晓时分诗人便已出发，准备继续向南行进。一路上，诗人激情满怀，兴致勃勃，所以颔联中描绘的景致也是充满喜庆的。满天的乌云渐次散去，雨过天晴，旭日初升，洒出万道光芒。土地肥沃辽阔，但却少有人耕。尾联诗人还耐心地解释了地肥粮少的原因，此地自古就是游牧地区，并不适合种植谷物。

全诗情感奔放，处处渗透着“喜”字，痛快淋漓地抒发了诗人喜悦兴奋的心情。

附录一　清代黑龙江流人诗歌及流人遣戍原因概述

一、清代黑龙江流人诗歌概述

从清初到清中叶，清政府为了维护集权统治，大力镇压反清势力，钳制人们的思想，对文人、士大夫，特别是汉族知识分子进行了疯狂的打击。顺治、康熙、雍正三朝，大批中原和江南文人因为文字狱、党派争斗、科场舞弊案等被牵累和惩处，继而被发遣至东北边塞，“塞外流人，不啻数千”。根据《清史稿·刑法二》记载，清代被遣流人：“初第发尚阳堡、宁古塔或乌喇地方安插，后并发齐齐哈尔、黑龙江、三姓、喀尔喀、科布多，或各省驻防为奴。”

在惨遭流放的众多流人中，不乏名震一时的文人才子，这些文士被流放至边塞后，虽处逆境，依然勤于著述、笔耕不辍，并将江南文士喜好结社的风气带到荒塞，这些共经患难的文人们聚集到一起，结社著诗，彼此唱和。其中比较有名的是，诗僧函可首创的“冰天诗社”，张缙彦、吴兆骞等人组建的“七子诗会”等，这些诗社在清初的塞北可谓名噪一时。参加诗社的文人有以方拱乾为代表的方氏桐城家族、吴兆骞、张缙彦、钱威、祁班孙、姚其章等，均为名震一时的文坛俊才，一时间，时人多有“南国佳人多塞北，中原名士半辽阳”的感叹。

作为身系重罪的流放之人，他们几经生死，死里逃生，受尽屈辱与打击，忍受寒冷与贫苦；作为歌以咏志的诗人，他们时常会因景生情，即兴赋诗，把生活的苦痛与塞外的所闻所见一一付诸笔墨。万里投荒的流放之路、颠沛流离的流放生活和大漠苍凉的边塞风光，给予这些文人前所未有的全新生命体验，他们把内心的激动、委屈、不满和怨恨，寄情于景，畅抒心曲，彼此唱和安慰，使其诗文创作展现出一种迥异于主流文学的新奇风格，熔铸成独树一帜的清代黑龙江流人诗歌。这些流人的创作内容丰富，包括诗词、散文、曲赋、札记、书信等多种文学样式，其中占绝对主流的是诗歌创作。

因为这些流人是离乡背井、颠沛流离的流犯，生活在社会的底层，接触到众多的穷苦人民，而且万里远戍、跋山涉水、见多识广，所以他们的眼界更加开阔、思想更加敏锐、笔墨更加精警、感情更加强烈。他们的作品中反映的自然界和社会界，更加真实、宽广和深刻。他们的诗风，或沉郁，或哀婉，或激昂，或悲怆，吐露了生活中的辛酸与不平。从他们的诗歌中，可以看到在清朝高压政策下人民和知识分子的深重苦难，可以了解到黑龙江各族人民的劳动和斗争生活，可以欣赏那里山林川泽的雄浑壮丽，也可以领略富有特色的风土人情。

纵观清代黑龙江流人诗歌的收录情况，沈德潜《国朝诗别裁集》收录乾隆年间的诗人达到900多人，但其中仅收录了12位流人的50余首诗歌，在清廷大规模焚书、禁书之前，流人诗作不受重视的情况已然如此，可以想见流人诗歌散失之严重。徐世昌的《晚晴簃诗汇》收录6 100多位清朝诗人，但仅仅收录了18位流人共计70余部作品。亦可见流人因为政治地位的低下导致作品的损失有多么严重。当代张玉兴先生的《清代东北流人诗选注》，共收录50余位流人的600余部作品，可以说是现今比较全面和完善的流人诗歌选本。

世人对东北流人的研究和关注始于20世纪中叶，日本学者高岩的《清代满洲流人考》一书，虽具有开拓性，但记述较为简略，后又有谢国桢先生的《清初东北流人考》，可谓研究东北流人的第一部专著。近十几年来，流人研究逐渐兴盛起来，研究最为全面、影响最大的是李兴盛先生，他先后出版了《中国流人史》《历代东北流人诗词选注》《东北流人史》《江南才子塞北名人吴兆骞资料汇编》等著作，从历史和文学的角度对东北流人进行了系统的研究。马清福的《东北文学史》和韩明安的《黑龙江古代文学》中也有部分章节涉及流人文学。

清代黑龙江流人文学的研究起步较晚，且学术界的重视不够，从诗歌角度进行系统研究的尚少。目前国内还未出现以黑龙江流人诗歌为专题的研究。作为一种全新的文学视角，黑龙江流人诗歌的选读具有独特的审美意义和文化价值。清代黑龙江流人数量较多，作品丰富，且诗作水平较高，适合进行系统全面的诗歌赏析和研究。本书选取水平高且有代表意义的流人诗歌为研究对象，以流人生平及创作心态为切入点，洞观清代黑龙江流人诗歌的创作内容和风格特色，力图全面而客观地评价黑龙江流人诗歌的创作成就、地位及影响。

二、流人的产生及黑龙江流人的特点

流人的产生源于清朝的开荒戍边政策，清朝统治者为了维护和巩固其统治，制定了一系列的发遣戍边制度。清太宗皇太极于天聪七年（1633年）曾命人往外蒙古诸部宣布有关遣戍的法令，即所谓的“盛京定例”，后来又陆续颁布了一些律法条文，但因为没有制定遣戍制度，皆“因时而制，不能垂诸久远”。顺治三年（1646年），清政府在《明律》的基础上，制定《大清律》。这部法典实质上是《明律》的延续和翻版，没有新律法条文产生。后经几次连续的修订，至雍正三年（1725年）制定完成了《大清律集解》《大清律例增修统纂集成》。乾隆五年（1740年）再次重修法典，编校完成《大清律例》。这是清朝，同时也是我国封建社会时期最为完整而全面的一部行政法典。

清代的刑罚分为笞、杖、徒、流、死五种刑罚手段。其中，流按照距离的远近分为三个等级，分别为2 000里、2 500里、3 000里。笞、杖、徒、流、死五种刑罚是正刑，除此之外，还有辅助正刑的闰刑，其中与流人有关的是迁徙、充军和发遣三种刑罚。这些刑罚有的是延续前朝的，有的是清政府自创的。

清代有关遣戍的刑罚分为四个等级，即迁徙、流、充军、发遣。这四种刑罚中，发遣最重，充军次之，流又次之，迁徙最轻。终清一朝，在这四种刑罚的处置下，大批的反清义士及触犯法律的文人和百姓被遣戍到黑龙江。宁古塔是当时最主要的发遣地。

清廷入关之前，在明、清战争中约有100万人口被清军自关内掠夺到辽东充当奴隶。这些流人跟当时朝廷的刑罚没有任何关系。及至清初，类似此种大规模的人口掠夺主要有4 次。有清一朝，爆发过多次规模不等的农民起义和农民战争，这些战争失败后，为首者或战死或被捕殉难，但大量“为从者”及义军亲属，却被处以流刑遣戍到了东北。清代公文中涉及的“会匪”“洋盗”免死减等，都是此种类型的流人。这种类型的处罚，仅从康熙元年（1662年）至嘉庆十八年（1813年），便有 60 多起，流放人数众多。如川楚白莲教起义中张正谟一部失败后，被流放至东北的竟多达 237 人。

一些抱有“反清复明”思想的文士，在斗争失败后也惨遭流放。如清初“通海案”中被流放的杨越、祁班孙等文人。他们虽然没有直接参入起义的队伍，但其诗文中流露出此类思想，也因此被捕获罪，这便是在清朝大行其道的文字狱。类似的案件还有吕留良与曾静案、明史案、《南山集》案等。

清朝统治集团内部党派众多，各党派间互相倾轧、党同伐异，斗争中的失势一方也被遣戍到东北。与此有关的案件主要有康熙朝的平定三藩案，顺治年的南北党之争，康熙后期诸皇子储位之争，雍正年间年羹尧、隆科多案等。在这些案件里，大批的无辜之人被遣戍到东北，成为党派斗争的牺牲品。此类案件的代表人物有陈之遴、陈梦雷、杨瑄等。

有的则是因为窝藏逆犯或者主张修改《逃人律》，触犯了朝廷贵族利益，而被遣戍。有的则是因为所谓的科场舞弊案被遣戍的。如著名的南闱和北闱科场案，著名诗人吴兆骞、方拱乾等都是此类案件的受害者。这些流人中，有的的确是因为营私舞弊而被遣戍，但有的却是无辜受到牵连而被遣戍。

因形形色色的政治案与刑事案而被遣戍的也是大有人在。如因贪污受贿被遣，乾隆四十七年（1782年）甘肃“捏灾冒赈，侵蚀监粮”案，39 名官员被流放黑龙江；因作战不力、贻误战机的渎职罪被遣，如防御郑成功时临阵脱逃的卫贞元、“三藩之乱”中弃城而走的卢震等；因投敌罪被遣，如“三藩之乱”中投敌的李召林；因诬控罪被遣，如诬控福建布政使李赓芸的朱履中。除此之外，还有因为斗殴、偷盗、奸淫、贩卖私盐、传习天主教、滥杀无辜等罪行被遣戍的犯人。以这些罪名遣戍的流人，皆是依据刑法依律而定的。

清代流人遣戍的原因，大致可以归纳为以上几大类。可是由于事情的复杂性，多数流人不是因为一类案件而被遣戍的。有的表面原因与实质原因不尽相同，如被遣戍宁古塔的张缙彦，表面上看是文字狱案件，实质上却是当时南北党争的结果。因为他识北党党魁刘正宗一派，而当刘正宗失势后，他也受到牵连而被遣戍。

以上是清代流人被遣戍东北的原因，当然也包含了黑龙江流人。当时由于各种原因被遣戍到黑龙江的流人非常多，而且流放区域很广。这些构成了黑龙江特殊的流人文化基础。来自不同地区的、生活各异的流人们因为不同原因聚集到一起，在苦寒的边塞产生文化和思想的碰撞，并汇通融合，黑龙江流人诗歌也因此呈现出多样性、复杂性的特点。

附录二　清代黑龙江流人大事年表

顺治十一年(1654年)

十二月，吏科给事中陈嘉猷，以受贿代题之罪，流徙宁古塔。

顺治十四年(1657年)

四月，郑芝龙以“寄书伊子成功并无归顺之意，出语骄肆，理难存留”之罪，连同其弟芝豹及其子世忠、世恩、世荫、世默，俱流徙宁古塔。

八月，清廷以“宁古塔地近江海，贼船往来叵测，芝龙就禁恐有疏虞”，于是将郑芝龙“加铁链三条，手足扭镣，严饬章京兵丁，谨加看守”。

顺治十五年(1658年)

四月，陈之遴、陈维新、吴维华、胡名远、王回子等被劾“贿结犯监吴良辅”。陈之遴被革职、家产籍没，并父母兄弟妻子流徙盛京。陈维新，家产籍没，并父母兄弟妻子流徙盛京。吴维华、胡名远、王回子等各责四十板，家产籍没，并父母兄弟妻子流徙宁古塔。

七月，广东雷州道王秉乾，因地方僻远，希图规避，贿嘱内监吴良铺撤回另选，被革职籍没家产，鞭一百，发宁古塔，给披甲人为奴。

十一月，丁酉南闱科场案作结：方章钺、张明荐、伍成礼、姚其章、吴兰友、庄允堡、吴兆骞、钱威，俱责四十板，家产籍没入官，并父母兄弟妻子流徙宁古塔。其中方章钺之父方拱乾、兄方孝标、方亨咸、方膏茂、方育盛等亦先后流放宁古塔。

顺治十六年(1659年)

正月，江南巡按刘宗韩以违例特荐“奇贪异酷之人”卢慎言，被责四十板，籍没家产，流徙宁古塔。

顺治十七年(1660年)

二月，礼部郎中吕朝允、笔帖式额勒穆当葬荣亲王时不遵所择时刻，被革职，各枷号两个月，鞭责一百，流徙宁古塔。

十一月，工部侍郎张缙彦被劾以作《无声戏》鼓吹“不死英雄”，又作诗序引用

“将明之才”一语，诡谲叵测，煽惑人心，情罪重大，被革职，追夺诰命，籍没家产，流徙宁古塔地方。

十二月，济南同知杨桂英以贪赃罪，流徙宁古塔。

顺治十八年(1661年)

一月，郑芝龙等被劝离宁古塔。

十月己酉(初三，11月24日)，郑芝龙及其子郑世恩、郑世荫等“照谋反罪，族诛”。

十月十八日(12月9日)，方拱乾、方孝标、方亨咸、方膏茂等，以修前门楼自赎，赦还。

是年，金人瑞（圣叹）因“哭庙案”被杀，其子流放辽左。

康熙元年(1662年)

冬，杨越、祁班孙、李甲、钱虞仲、钱方叔、钱丹季，因浙江通海案被流放宁古塔。

康熙四年(1665年)

丁澎被赦，归乡为民。

夏，张缙彦于宁古塔邀集吴兆骞、姚琢之、钱虞仲，钱方叔、钱丹季、钱威组成“七子之会”“分题角韵，月凡三集”。这是清初宁古塔地区的第一个文人结社活动。

是年，陈之遴、吴达死于戍所。

康熙六年(1667年)

祁班孙由戍所逃归故里。

康熙七年(1668年)

是年，吴兆骞、蔡础分别被赦为民。

康熙九年(1670年)

张贲(张绣虎)被流放宁古塔。

康熙十年(1671年)

康熙帝东巡，准陈之遴遗骨归葬故乡，徐灿扶榇以还。

翰林院编修陈志纪，以“越职言事”之罪，被谪戍宁古塔。

康熙十二年(1673年)

蔡础返回故乡。

康熙十六年(1677年)

陈志纪约于此年死于戍所。

康熙二十年(1681年)

吴兆骞、孙旸被先后赎还。

康熙二十一年(1682年)

正月，原任翰林院编修陈梦雷，以“三藩之乱”时“受伪职”之罪，流徙盛京。

十二月，原任广西巡抚陈洪明，参与“三藩之乱”“受贼伪职”，流徙宁古塔。

是年前后，原雷州知府李棠，因吴三桂反叛时，未能“死难”之故，流放宁古塔。

康熙二十二年(1683年)

副都统托岱、宜思孝等，因“不能克敌，固守营垒”之罪，流徙宁古塔。

康熙二十三年(1684年)

《盛京通志》镂板刊行。该志实际主纂人为流人陈梦雷。

康熙二十六年(1687年)

三月，兵部右侍郎蔡毓荣以“隐藏逆女，贪取逆财”之罪，籍没家产，发往黑龙江。江南娄县何世澄及至戍所，居二年余返回。

三月，刑部尚书禧佛以“审蔡毓荣一案，不秉公研讯，律拟失当，显系徇庇”之罪，发往黑龙江披甲效力赎罪。刑部侍郎敦多礼，以“不严加审讯”“系徇庇”罪，亦发往黑龙江。

康熙二十八年(1689年)

二月，浙江巡抚金鋐以驻防兵丁扰民事，批发布政使，按察使查讯。布政使李之粹“不会同按察使查讯，遽移咨将军出示禁约。被定“情罪可恶”，金鋐流徙奉天，李之粹充发黑龙江。

十月，太常寺少卿赵仑、户部郎中高启元、御史鹿廷瑛、马光，以“居官无所表现”“明系党附”之罪，流徙奉天。

是年，杨越之子杨宾间关万里赴宁古塔省亲。

康熙二十九年(1690年)

十月，郎中吴尔泰因奉命赴福建审理时，“妄滋事端，将众知府尽令解任”“致福建百姓惊惶罢市数日”之罪，发往黑龙江效力。

康熙三十年(1691年)

是年冬，杨越死于宁古塔戍所。

康熙三十二年(1693年)

贵州巡抚卫既齐，以“轻率用兵，致使无罪苗民被戮”之罪，被发往黑龙江。

康熙三十三年(1694年)

九月，盛京户部侍郎阿喇弥，“将山东运去之米不行均给兵丁”，康熙帝斥其“不勤劳效力”“甚属庸懦”，被革职，举家发往黑龙江披甲效力。

康熙三十四年(1695年)

杨瑄被赦回京。

赵仑、鹿廷瑛之遗骨援捐马例被准归葬故乡。

康熙三十六年(1697年)

七月，甘肃巡抚郭洪，因当康熙帝统六师驻宁夏时不赴行在朝见之罪，被革职发往黑龙江当差。

康熙三十七年(1698年)

陈梦雷以康熙帝东巡时献诗称旨，被释归京师，命侍皇三子诚郡王胤祉读书北园。

康熙三十八年(1699年)

九月，广东“强盗”为从者陈相等六十余人，被遣发黑龙江给披甲新满洲为奴。

康熙四十七年(1708年)

六月，浙江“朱三太子案”中，除为首者朱云、张念一等分别被凌迟、立斩、立绞、应斩监候外，其余受株连者佥妻分别发往宁古塔、齐齐哈尔及伯都讷。

七月，陈赓元等五人以容留一念和尚，不行举首之罪，佥妻充发宁古塔。

康熙四十八年(1709年)

是年前后，世袭一等男、内廷供奉讷尔朴以事被戍齐齐哈尔。

康熙五十一年(1712年)

正月，戴名世所辑《南山集》案事发，清廷以其“内有大逆等语”，其中载录已故方孝标所著《滇黔纪闻》“亦有大逆等语”，严查穷究，大肆株连。戴名世被处斩，方孝标被戮尸。方孝标子方登峄、方云旅等，举家流放黑龙江卜魁(齐齐哈尔)。方登峄子方式济亦随同流放。

康熙五十四年(1715年)

春，方式济之子观永、观承赴卜魁省亲。不久观永离去。观承居戍所凡五年。

康熙五十六年(1717年)

方式济死于戍所卜魁。

康熙五十七年(1718年)

七月，康熙帝谕大学士等：发往黑龙江、三姓地方之人，俱因凶恶发遣命，人亦日多，若发在一起，必致生事行凶。此后停其发遣。著发喀尔喀、科布多、乌兰固木地方，令其开垦耕种。

康熙六十年(1721年)

讷尔朴被赦回京供职。

康熙六十一年(1722年)

十二月，雍正帝谕内阁九卿。陈梦雷“累年以来招摇无忌，不法甚多，京师断不可留。著将陈梦雷父子发遣边外”。这是陈梦雷第二次被流放，流所为卜魁。

雍正元年(1723年)

十一月，定议：窝盗之家知情存留，分别定以杖流，存留三人以上者，充发三姓地方，永著为例。

是年，致仕礼部侍郎杨瑄以“不召人阙，擅人乾清门”之罪，被流放瑷珲。其子锡履、锡恒从戍。

雍正三年(1725年)

十二月，年羹尧亲弟兄子侄佥妻发往黑龙江给披甲之人为奴。

十二月，汪景祺因所著《西征随笔》“讥讪圣祖仁皇帝，大逆不道”，被立斩枭示。其妻子发往黑龙江给披甲之人为奴。其期服之亲兄弟、亲侄俱著革职，发遣宁古塔。

是年，方登峄死于卜魁戍所。

雍正十年(1732年)

十二月，吕留良孙辈俱发遣宁古塔，给披甲之人为奴。

雍正十一年(1733年)

四月，谕内阁，以满洲、汉军人等不谙耕种之事，前准凡有罪人犯，应行发遣黑龙江者改发拜达里克等处种地效力赎罪，甚属无益。著仍遵旧例发往黑龙江等处。向后俱照此办理。

乾隆元年(1736年)

三月，赦汪景祺兄弟及兄弟之子发遣宁古塔者，俱回归原籍。四月，上谕：黑龙江、宁古塔、吉林乌喇等处，若概将罪人发遣，则该处聚集匪类多人，恐本地之人，渐染恶习，有关风俗，嗣后如满洲有犯法应发遣者仍发黑龙江等处外，其汉人发遣之罪者，应改发于各省烟瘴地方。

——参阅张玉兴著《清代东北流人诗选注》，辽沈书社1988年10月版

参考文献

[1] 赵尔巽．二十五史清史稿（上、下）[M]．上海：上海古籍出版社，1986.

[2] 张玉兴．清代东北流人诗选注[M]．沈阳：辽沈书社，1988.

[3] 李兴盛．历代东北流人诗词选注[M]．哈尔滨：黑龙江大学出版社，2015.

[4] 李兴盛．黑龙江历代流寓人士山水胜迹诗选[M]．哈尔滨：黑龙江人民出版社，2002.

[5] 李兴盛．中国流人史[M]．哈尔滨：黑龙江人民出版社，1990.

[6] 赵忠山．清代黑龙江流人文学（上、下）[M]．长春：吉林人民出版社，2016.

[7] 杨滨，方式济，吴桭臣．龙江三纪[M]．哈尔滨：黑龙江人民出版社，1985.

[8] 沈德潜．清诗别裁集[M]．上海：上海古籍出版社，1984.

[9] 李兴盛，全保燕．秋笳余韵（外十八种）（上、下）[M]．哈尔滨：黑龙江人民出版社，2005.

[10] 李兴盛．江南才子塞北名人吴兆骞资料汇编[M]．哈尔滨：黑龙江人民出版社，2000.

[11] 周游，谭彦翘．齐齐哈尔诗词[M]．哈尔滨：黑龙江人民出版社，2005.

[12] 李兴盛．东北流人史[M]．哈尔滨：黑龙江人民出版社，1990.

[13] 李兴盛．边塞诗人吴兆骞[M]．哈尔滨：黑龙江人民出版社，1986.

[14] 马清福．东北文学史[M]．沈阳：春风文艺出版社，1992.

[15] 徐世昌．晚晴簃诗汇[M]．北京：中华书局，1990.

[16] 方孝标．钝斋诗选[M]．合肥：黄山书社，1996.

[17] 方拱乾．何陋居集・甦庵集[M]．哈尔滨：黑龙江大学出版社，2010.

[18] 吴兆骞．秋笳集[M]．上海：上海古籍出版社，2009.

[19] 陈梦雷．闲止书堂集钞[M]．上海：上海古籍出版社，1979.

[20] 西清．黑龙江外纪[M]．哈尔滨：黑龙江人民出版社，1984.

[21] 戴名世．戴名世集[M]．北京：中华书局，1986.

[22] 函可．千山诗集[M]．北京：北京出版社，1998.

[23] 柯愈春．清人诗文集总目提要（上、中、下）[M]．北京：北京古籍出版社，2001.

[24] 赵园．明清之际士大夫研究[M]．北京：北京大学出版社，1999.

[25] 韩明安．黑龙江古代文学[M]．北京：光明日报出版社，1986.

[26] 方登峰，方式济，方观承，等．述本堂诗集・宁古塔纪略[M]．哈尔滨：黑龙江大

学出版社，2014.
[27] 董玉瑛，丛佩远．东北历史名人传[M]．长春：吉林文史出版社，1990.
[28] 何宗美．明末清初文人结社研究[M]．天津：南开大学出版社，2003.
[29] 杨宾．柳边纪略[M]．上海：商务印书馆，1936.
[30] 方孝标．方孝标文集[M]．合肥：黄山书社，2007.
[31] 姜雪松．清初东北流人诗初探[D]．哈尔滨：黑龙江大学，2009.
[32] 杨丽娜．清代东北流人诗社及流人诗作研究[D]．苏州：苏州大学，2011.
[33] 方姝孟．清代东北地区流放文人群体研究[D]．哈尔滨：哈尔滨师范大学，2013.
[34] 宋德金．吴兆骞和他的边塞诗 [J]．社会科学辑刊，1980（6）：134-138.
[35] 黄刚．清前期东北边塞诗述略[J]．兰州教育学院学报（社会科学版），1997（1）：27-33.
[36] 廖晓晴．试析清代东北流人文化的内涵[J]．满族研究，2010（3）：43-48.
[37] 张滨．清代卜奎流人诗悲情特征探微[J]．佳木斯大学社会科学学报，2011（3）：70-72.
[38] 张缙彦．宁古塔山水记域外集[M]．哈尔滨：黑龙江人民出版社，1984.
[39]赵尔巽．清史稿[M]．北京：中华书局，1976.
[40]李治亭．东北通史[M]．郑州：中州古籍出版社，2003.